A traição dos Sonhos
Uma história de amor e intrigas
Por Antônio Noronha Oliveira Júnior

ÍNDICE

CAPÍTULO 1: O Coração em Chamas
CAPÍTULO 2: A Noite se Aproxima
CAPÍTULO 3: Encontros e Desencontros
CAPÍTULO 4: A Chamada das Redes Sociais
CAPÍTULO 5: O Crescimento do Amor Platônico
CAPÍTULO 6: As Raízes da Saudade
CAPÍTULO 7: Momentos de Revelação
CAPÍTULO 8: Entre a Realidade e os Sonhos
CAPÍTULO 9: Conflitos Internos
CAPÍTULO 10: A Realidade de Um Amor Virtual
CAPÍTULO 11: Despertar e Realidade
CAPÍTULO 12: Novos Horizontes

Seja muito bem-vindo, querido leitor!

Ao abrir as páginas deste livro, você está prestes a entrar em um universo que pulsa de sonhos, desejos e algumas desilusões. A traição dos Sonhos não é apenas uma história sobre Antônio, um jovem aspirante a político em Salvador; é uma verdadeira montanha-russa emocional, onde cada curva reflete nossas próprias incertezas e aspirações.

Você vai conhecer Antônio em um momento crucial da sua vida, um coração em chamas, mergulhado na luta para encontrar seu lugar no mundo. Neste caminho, você verá a exaustão do dia a dia contrastando com os anseios por amor e conquistas. E quem nunca se pegou, ao final de um dia cansativo, pensando na beleza da vida e nas contradições que nos cercam? É esse o espírito que espero que você sinta ao percorrer as páginas.

A trama se desenrola nas ruas vibrantes e muitas vezes caóticas de Salvador. E, ah, os detalhes que a cidade oferece! Desde o cheiro do acarajé na esquina até a luz suave que se derrama no final da tarde... Esses elementos não são meras descrições; eles são convites a sentir, a mergulhar nas emoções de Antônio e a permitir que suas experiências reflitam as nossas.

Neste livro, você vai encontrar diálogos incríveis e personagens que erram, acertam e buscam, assim como nós, encontrar um sentido para suas vidas. Assim como Antônio, talvez você também já tenha vivido momentos de decepção ou, quem sabe, de amor platônico que parecia inatingível. O amor por Patrícia é uma parte essencial desta jornada, repleta de nuances que falam de crescimento e da complexidade do afeto humano.

Através de suas interações, suas frustrações e até das suas revelações, você encontrará a reflexão sobre o que significa realmente amar e ser amado. É uma verdadeira dança entre recentes conexões virtuais e a profundidade de uma relação que ainda está por se materializar. Você conseguirá escapar ao devaneio e às expectativas que muitas vezes criamos em nossas mentes e corações?

Ao longo dos capítulos, fomente a curiosidade e a emoção, pois o que está por vir é tanto uma exploração profunda dos desejos quanto um convite à introspecção. Não estou aqui apenas para contar a história de Antônio, mas para criar um espaço onde você possa olhar para seus próprios sonhos e medos.

Por fim, prepare-se para sair dessa leitura com mais perguntas do que respostas, pensando sobre sua própria trajetória. Afinal, cada um de nós tem sua própria batalha com os sonhos. Mas lembre-se: tudo isso é um convite a crer que você pode sempre recomeçar.

Espero que essa jornada lhe inspire e emocione. Vamos lá? Boa leitura!

Antônio Noronha Oliveira Júnior

Capítulo 1: O Coração em Chamas

Antônio sempre acreditou que seu coração pulsava no mesmo ritmo que os tambores do candomblé. Desde pequeno, as cores vibrantes das festas de Salvador o cativavam, e ele sentia que pertencia àquele lugar, onde o mar se encontrava com a história em cada esquina. Ele cresceu em um lar onde as conversas giravam em torno de temas como ética e justiça, e as influências dos pais, ambos educadores, moldaram sua visão de mundo. Sua mãe, apaixonada pela literatura, sempre dizia que "as palavras têm o poder de transformar a realidade". Essas lições ecoavam em sua mente, enquanto o cheiro do café fresco se misturava ao aroma salgado do mar que entrava pela janela da sala de estar.

A casa onde Antônio vive é pequena, mas cheia de vida. O som das vozes dos vizinhos, a risada contagiante de sua irmã mais nova, e as histórias que seu pai contava à mesa costumavam fazer do lar um lugar reconfortante. Mas, ao mesmo tempo, havia ali um senso profundo de responsabilidade. Ele queria mais do que a vida simples que seus pais levaram; o desejo de fazer a diferença brotava em seu peito como uma planta que brota em solo fértil.

Ainda me lembro da primeira vez que vi Antônio discursando. Era um evento no centro da cidade e, para ele, era como se o mundo inteiro estivesse assistindo. Ele estava nervoso, claro. As mãos tremiam, mas quando começou a falar, a energia que emana de sua alma era palpável. Ele falava sobre inclusão, sobre o futuro que queria construir, um futuro onde pessoas de todas as classes fossem ouvidas e respeitadas. O brilho em seus olhos era intenso, quase como um farol em uma noite escura, entretanto, havia um momento em que a insegurança o atingiu como uma onda forte. Ele hesitou, como se as palavras tivessem escapado de sua mente num passe de mágica. O silêncio daquela multidão foi quase ensurdecedor, e a frustração o abraçou.

A vida política nunca foi um caminho fácil, e ele se deparou com realidades que lhe mostraram a feiúra que pode existir no ser humano. Era como se, a cada passo, ele estivesse desvendando um lado obscuro de sua cidade. Mas, por outro lado, essa escuridão acendia ainda mais a chama de seu coração. Havia algo cativante e sedutor na ideia de lutar contra o que parecia intransponível.

Ele sentia a cobrança da sociedade. As promessas de um político frequentemente evaporam, mas o seu desejo era que as palavras tivessem significado. Ele buscava um modo de permanecer honesto em meio ao caos, mesmo sabendo que a corrupção e as injustiças corporais eram como sombras que o seguiam, tentando silenciar sua voz.

"Como posso ser um agente de mudança?" – questionava-se frequentemente, nesse vaivém de inseguranças e anseios. Os ventos fortes que sopravam na Avenida Sete, misturados ao cheiro de acarajé que perfumava o ar, serviam como lembretes da força e da resiliência do povo salvadorenho. Certa vez, ele passou por uma manifestação no Pelourinho. As vozes eram um canto de união e resistência, e aqueles momentos formavam um mosaico de sentimentos que se entrelaçavam em seu peito, trazendo um profundo senso de propósito e pertencimento à sua missão.

Ele sabia que representar o povo significava carregar uma responsabilidade massiva, em sua essência. Ao olhar para as ruas, observando a realidade da pobreza, da desigualdade e da luta diária de muitos, seu coração ardia em desejo de mudança. Suas convicções se transformaram em combustível para sua jornada, e sua determinação em superar as barreiras começou a brotar, como flores que desabrocham após a chuva.

Cada canto de Salvador, cada história que ele ouvia de pessoas que lutavam por uma vida melhor, ecoava em sua mente e coração. O ritmo pulsante das batidas do seu coração estava agora entrelaçado com as esperanças de tantos outros. Antônio não estava sozinho em sua caminhada; ele carregava as histórias de Salvador, o ser humano que ele sempre aspirou ser, e a luta por um futuro que não se limitasse a suas próprias ambições. A determinação dele, apesar das frustrações cotidianas, ergue-se como um hino à vida, enquanto o sol se põe lentamente no horizonte, tingindo o céu de cores quentes e vibrantes, refletindo as emoções que o acompanhavam.

Antônio levanta-se cedo, o sol já despontando no horizonte e a luz suave do amanhecer se filtrando pelas janelas. O cheiro do café fresco invade o ar, um aroma reconfortante que o acompanha desde a infância, quando sua mãe começava o dia com essa mesma rotina. Ele se espreguiça, ainda sentindo um pouco da sonolência nos olhos, mas logo a energia toma conta do seu ser. Um novo dia de desafios políticos se apresenta e a expectativa, misturada à ansiedade, faz seu coração pulsar forte. A cada passo que dá em direção à cozinha, memórias da juventude se entrelaçam com suas ambições atuais.

Na mesa, o café é servido em uma caneca simples, tão discreta quanto sua trajetória até aqui. Enquanto toma o primeiro gole, seus pensamentos vagueiam por sua infância, quando ele e seu pai costumavam caminhar pelas ruas de Salvador em dias de eleição, absorvendo a energia vibrante da cidade. Era um espetáculo: pessoas nas ruas, bandeiras tremulando, discursos fervorosos. Aquela atmosfera o cativou e ali nasceu o desejo de fazer a diferença.

A rotina de Antônio é intensa, quase frenética. O dia dele começa com reuniões às 8 da manhã, onde discute propostas e estratégias com a equipe. Cada reunião é marcada por um turbilhão de ideias que precisam ser filtradas, desafiadas e aprimoradas. As conversas fluem, mas nem sempre de maneira clara; muitas vezes, ele se vê diante de alianças estranhas que precisará negociar. Em algumas dessas reuniões, a pressão é tão grande que ele se pega fantasiando sobre uma vida serena, longe do barulho e da política, talvez em uma praia com uma boa companhia e um livro à mão.

O contraste é claro: enquanto seu coração clama por mudanças, ele se vê cercado por expectativas e responsabilidades imensas. Entre os burburinhos do seu trabalho, as frustrações o atingem com força. Recentemente, ele teve um dia particularmente difícil. O evento onde deveria se apresentar era crucial, uma oportunidade de se conectar com a população, de fazer seu plano brilhar. Mas, ao subir ao palco, as palavras pareciam ter sido engolidas pelo nervosismo. A plateia, composta por rostos conhecidos e desconhecidos, olhava para ele com curiosidade, e ele, por outro lado, podia quase sentir as perguntas pairarem no ar: quem é este jovem? O que ele tem a oferecer?

E então, no meio do discurso ensaiado, ele se perdeu. As palavras incoerentes fogem da sua boca como se tivessem vida própria e ele, em um estado de pânico, tenta se recompor. A frustração o consome. Ele desce do palco com uma sensação de derrota, não só por sentir que desapontou os outros, mas por não ter conseguido se expressar genuinamente. É nesse momento que a dúvida se insinua: será que está mesmo no lugar certo? Mesmo as vozes de apoio da sua família e amigos parecem distantes, como ecos perdidos em uma sala vazia.

À noite, sentado em sua escrivaninha, as luzes de Salvador se espalham como estrelas caóticas. Ele olha pela janela e reflete sobre o que significa realmente ser um político. As injustiças da cidade reverberam em seus pensamentos. Ele vê as verdades cruas, pessoas lutando por um pedaço de dignidade em meio à pobreza marcante. Essas visões o atingem com uma força avassaladora. Sinto um frio na barriga só de lembrar daquelas cenas. Os rostos, as histórias que ele escuta, as lágrimas que ele não consegue enxugar.

Às vezes, a ideia de mudança parece um sonho distante e ele se pergunta se realmente tem a força necessária para fazer a diferença. Porém, logo essa dúvida se transforma em motivação. Cada frustração, cada erro, o impulsiona a se levantar. Ele se compromete a não deixar que os obstáculos definam seu percurso. Aquela cidade, sua cidade, merece mais do que discursos vazios. A luta precisa ser real, intensa.

Naqueles momentos de introspecção, envolver-se com as realidades de Salvador se torna não apenas um compromisso, mas uma necessidade existencial. Seu olhar para a cidade vai além do superficial. O calor, o caos, a magia e o desencanto, tudo se mistura em seu coração e sua mente. Essa batalha interna é o que o move, o que o mantém firme; a ideia de que uma única voz pode ecoar em meio ao barulho se torna um mantra.

Antônio respira fundo, absorvendo os sons da cidade. Ele percebe que, assim como o perfume do café que nunca sai de sua memória, ele deve se tornar a voz que ecoa com honestidade. E mesmo que os desafios sejam massivos, a chama em seu coração se mantém acesa. Ele não está sozinho, e essa solidão é apenas uma ilusão.

A manhã que ele esperava, ela chega com a luz do dia seginte, trazendo novas esperanças e um novo compromisso. Com a determinação renovada, ele se levanta a cada vez que cai. E assim, com a visão afiada e a paixão ardente, ele segue, determinado a deixar sua marca. O que se segue em sua jornada? Ah, isso é uma história que merece ser contada. E quem sabe, no futuro, outros possam seguir por esse caminho ao lado dele, guiados por uma luz que nunca se apaga.

Antônio caminhava pela cidade, os olhos atentos à vida pulsante que o cercava. Salvador, com seu charme singular, exalava o cheiro de acarajé na esquina, enquanto a brisa salgada do mar acariciava seu rosto. Ele amava essa cidade, mas também a temia com suas contradições. Mesmo entre as cores vibrantes do Pelourinho, existiam sombras que precisavam ser vistas, tocadas e, isso o deixava inquieto, como um compositor diante de uma melodia inacabada. Ser um político em ascensão era um sonho que se misturava com a realidades cruas e fascinantes de seus habitantes.

Ele se lembrava de quando foi, pela primeira vez, às ruas para ouvir as reclamações da população. As histórias que ouvia eram como faíscas, acendendo um fogo dentro dele. Uma senhora, com os olhos marejados, contava sobre a falta d'água onde morava, e isso o atingiu como um soco no estômago. A expressão dele não conseguia esconder o choque, um misto de impotência e determinação. Ele prometera a si mesmo que faria algo a respeito. Mas o que isso significava, afinal? Às vezes, as nuances da política pareciam como um quebra-cabeça de mil peças, cada uma mais complexa que a outra.

E exatamente nesse emaranhado de emoções, Antônio se questionava sobre o seu próprio lugar nessa luta. O que significava ser um representante do povo? Ele olhava para os jovens que, assim como ele, sonhavam com um futuro melhor. Encarava a desigualdade que os cercava, os muros que separavam as classes, e se perguntava: qual era o seu papel quando tudo parecia tão injusto? As noites viravam dias em seu pensamento.

Uma vez, em uma de suas visitas a uma comunidade, encontrou um grupo de crianças jogando bola em um campo de terra batida, rindo como se o mundo inteiro não importasse. Aquela imagem o acompanhou em muitos momentos de frustração; crianças criando alegria em meio à escassez, enquanto os adultos lutavam para seguir em frente. Era uma contradição que o deixava perplexo. Como alguém poderia ser tão resiliente em um cenário tão desafiador?

Essas reflexões não deixavam Antônio quieto. Ao caminhar pelas ruas de Salvador, ele sentia a urgência das vozes que clamavam por mudança. O calor do sol escaldante parecia intensificar as interrogações que o atormentavam. O que ele poderia fazer? Como poderia transformar as esperanças em ações concretas? Ele queria ser uma ponte, mas se sentia como se estivesse sempre a passos da travessia.

Naquele dia, após uma reunião que não tinha saído como esperado, com propostas ignoradas e ideias desconsideradas, sentou-se sozinho em um café. Naquela atmosfera leve, o sorriso dos garotos da rua ainda ecoava em sua mente. O cheiro intenso do café fresco combinava com suas frustrações, como se cada gole o fizesse refletir melhor sobre seus caminhos. "Talvez, se eu buscar alianças mais fortes, talvez..." tentava convencer a si mesmo. Mas as dúvidas assolavam sua mente.

A desigualdade estava em toda parte, das ruas às telas, das casas aos palácios. E, com essa percepção, Antônio não apenas percebeu que a luta não era sua, mas de todos. O que poderia parecer uma tarefa titânica agora ultrassava sua individualidade. Era um chamado à ação que o encorajava e paralisava ao mesmo tempo. A determinação começava a fluir, e a frustração que sentia era também combustível. No fundo, havia um desejo que pulsava, um senso de responsabilidade que queria respeitar.

Esses momentos refletiam sua própria busca por significado. O que é ser realmente um líder? Em meio a todas essas reflexões, ele decidiu que a luta pela justiça social não deveria ser um fardo a ser carregado, mas uma missão compartilhada. Portanto, enquanto mergulhava nessas questões, ele compreendeu que as respostas não eram fáceis, mas com certeza eram necessárias. A cidade e o seu povo o moldariam tanto quanto ele moldaria suas ideias e, assim, uma nova força começava a brotar dentro dele, como se uma revolução silenciosa estivesse prestes a acontecer.

Antônio se encontrava em um momento de profunda reflexão. A luz suave do fim da tarde filtrava-se pelas janelas de seu apartamento, um espaço que, alinhado com a correria do dia a dia, muitas vezes se tornava um refúgio. A brisa que entrava, leve e fresca, parecia querer sussurrar segredos sobre o futuro. Ele se lembrava do primeiro dia em que se lançou na política. O coração batia descompassado, uma mistura de medo e esperança. Como seria representá-los? Como realmente poderia fazer a diferença?

Agora, sentado numa mesa embalada pelos ecos da cidade, as memórias dos desafios enfrentados até ali passaram como um filme na sua mente. Os discursos ensaiados exaustivamente que, em algumas ocasiões, desmoronaram diante dele. Lembrou-se da vez em que estava nervoso demais, tentando se equilibrar entre o que tinha planejado e a realidade da audiência. O olhar desconfiado de um dos presentes, a frustração ao perceber que as palavras não juntavam as peças de um quebra-cabeça que ele mesmo havia criado. Era estranho pensar que alguns erros o tornaram mais humano para as pessoas, que por trás da figura do político havia um jovem cheio de dúvidas, inseguranças, mas também um profundo desejo de mudança.

O eco das vozes que clamavam por melhorias na infraestrutura da cidade ainda ressoava em sua mente. Como aqueles rostos se transformavam em dilemas. A desigualdade pulsava de maneira massiva em Salvador, e Antonio percebia que, enquanto ele se preparava para coletivas, milhares enfrentavam a dura realidade das ruas. As conversas de família, em sua origem, sempre haviam trazido a ideia de que a política é uma ferramenta poderosa quando usada de maneira ética e honesta. Mas, por outro lado, via a corrupção instalada como uma sombra em cada esquina e se perguntava se era ingênuo o suficiente para acreditar que conseguiria superar isso.

Um dia, enquanto caminhava pela orla, uma mulher de poucas palavras, mas cheia de história, se aproximou e lhe contou sobre os desafios diários que enfrentava para sustentar seus filhos. O olhar dela – ali, sob um sol escaldante, com um sorriso que carregava um peso imenso – o marcou profundamente. A urgência daquela conversa o fez refletir mais sobre seu papel. Era um milagre que ainda existissem tantas esperanças entre as pessoas. Como ele poderia ser um vetor de mudança se parasse apenas nas denunciações e não promovessem soluções reais? A luz do por do sol nesse dia quase parecia prometer que a tarefa de um político deveria ser ser guiado não apenas pela razão, mas também pela emoção.

Seus pensamentos sempre se entrelaçavam com lembranças do passado. O abraço apertado da mãe antes de algum evento importante, as inúmeras vezes que o pai insistiu para que ele estudasse mais, lecionasse mais. Era a forma deles de dizer que a educação poderia ser um farol em meio à escuridão. O que ele poderia deixar para as próximas gerações? Afinal, não se tratava apenas de ser ouvido, mas de fazer com que vozes silenciadas ecoassem e fossem notadas.

A ideia de liderar não era apenas uma questão de posição; era sobre responsabilidade, dedicação e uma visão clara. Ele precisava encontrar essa visão dentro de si, uma força interna que o ajudasse a não se deixar abalar por críticas ou recusas. Lembrou-se de algo que viria a ser essencial em sua jornada: a resiliência. Ser verdadeiro consigo mesmo em meio às sombras de práticas questionáveis era desafiador, mas precisava permanecer fiel ao que acreditava.

Assim, enquanto as horas passavam e Salvador pulsava com vida ao seu redor, Antônio fez um voto silencioso. Prometeu a si mesmo que não desistiria. A história ainda estava sendo escrita, e ele decidiu que seria um protagonista ativo, não um espectador. O caminho não seria fácil, mas estava pronto para percorrê-lo. O que viria a seguir? Quais desafios iriam cruzar seu caminho em meio a essa jornada intensa e cativante? A chama em seu coração arderia cada vez mais forte, e, mantendo isso aceso, ele poderia, talvez, transformar suas aspirações em realidade.

Capítulo 2: A Noite se Aproxima

O dia começava a se transformar em uma aquarela de tons quentes, enquanto Antônio caminhava em direção à sua casa, situada nas ruas vibrantes de Salvador. O perfume do mar ao entardecer misturava-se num abraço reconfortante com o aroma das comidas das barracas que enfeitavam calçadas. Ele podia ouvir os risos e conversas animadas das pessoas que se cumprimentavam. Era como se a cidade, com sua energia contagiante, pulsasse em harmonia com o cansaço que pesava em seus ombros.

Mergulhado em pensamentos, Antônio refletia sobre a montanha russa de emoções que seu dia lhe proporcionara. Compromissos políticos, reuniões tensas, a busca incessante por soluções para os problemas que pareciam se multiplicar à medida que os minutos passavam. A pressão que sentia era quase palpável, e, por um instante, ele se permitiu questionar se todo aquele esforço valia a pena. Ser um jovem político não era apenas uma carreira; era uma carga pesada a ser carregada diariamente.

A cidade, com suas luzes começando a brilhar, lhe oferecia um cenário familiar, mas a familiaridade não diminuía sua sensação de vulnerabilidade. Antônio desviou do caminho pela praça movimentada, onde um grupo de crianças jogava bola e se divertia, emanando uma alegria pura e sincera. Ao ver aquela cena, um frio na barriga o envolveu. Ele se lembrou de sua própria infância e como os sonhos de mudança se entrelaçavam com as esperanças mais simples da vida. Mas, à medida que crescia, aquelas esperanças pareciam ficar mais distantes e complexas.

Ao chegar em casa, seu pequeno apartamento estava em silêncio, como se esperasse pacientemente por sua companhia. Ele respirou fundo, tentando reunir a coragem necessária para encarar a solidão que sua rotina lhe impunha. Olhando pela janela, viu a brisa suave balançar as palmeiras em frente. Era reconfortante pensar que, mesmo em meio ao caos, havia beleza ao seu redor. No entanto, os ecos de suas inseguranças ressoavam mais intensamente ali. Sentia-se à beira de uma introspecção profunda, onde a pressão de ser o agente de mudança esbarrava em uma necessidade genuína de conexão.

Os sonhos de Antônio dançavam em sua mente, um mosaico de ambições políticas e anseios pessoais que frequentemente se chocavam entre si. Como poderia ele promover mudanças significativas em sua comunidade se, muitas vezes, se sentia perdido em sua própria jornada? O desejo de sucesso na política parecia, naquele momento, tão sedutor quanto aterrador. As perguntas pairaram no ar, quase palpáveis: "Estou fazendo algo de verdade ou só me perdendo nesse labirinto de promessas?"

O cansaço teve um sabor amargo, não só pelo desgaste físico, mas pela batalha emocional travada em seu interior. Ser um político significava ser observado, julgado e, em muitos casos, incompreendido. O peso dessa responsabilidade era tanto que por vezes o deixava inquieto, a dúvida sobre a eficácia de seu trabalho persistia, como uma sombra inquietante no canto de sua mente.

O dia então se despedia, e Antônio se via diante do espelho. Olhos cansados, mas cheios de histórias. Era um jovem intenso, meticuloso e, acima de tudo, profundamente humano em sua busca por significado. O reflexo de sua alma se tornava mais claro a cada dia, revelando não apenas um político, mas um ser humano em busca de seu lugar no mundo. Ele fechou os olhos por um momento, deixando que a luz suave do fim da tarde entrasse pela janela e aquecesse seu espírito fatigado. Ali, naquele momento entre a luz e a sombra, Antônio percebeu que a jornada estava apenas começando.

Antônio entrou em casa com os músculos pesados, como se tivesse carregado o peso do mundo nas costas. A porta rangeu, convite discreto para um refúgio que por vezes parecia mais uma prisão do que um lar. O cheiro salgado do mar invadia o ambiente, misturando-se à essência de café que já havia se tornado uma constante nas suas noites solitárias. A luz amarelada que filtrava pela janela lembrava-lhe de como a cidade se transformava ao entardecer, com as luzes piscando como estrelas se despregando dos céus. Mas, ao invés de encanto, sentia apenas um frio na barriga, um nó bem apertado que surgia a cada reflexão sobre a pressão que suportava.

Sentou-se no sofá, a respiração pesada e os olhos pesados de sono. Pensar em sua rotina parecia um exercício doloroso. A vida de um jovem político não era feita apenas de ideias grandiosas e promessas a serem cumpridas; sua realidade estava repleta de eventos, discursos para preparar, reuniões intermináveis e uma expectativa constante de sucesso. Era um ciclo exaustivo que parecia não ter fim. O questionamento do porquê de ter escolhido esse caminho se instalava, arraigando-se em sua mente. Será que realmente conseguia mudar algo? As inseguranças, como sombras, dançavam ao redor dele, sempre prontas para pegá-lo de surpresa em um momento de fraqueza.

Ah, como ele desejava um momento de descontração! Preferiria um pôr do sol em uma praia qualquer, longe das convenções e das obrigações que mantinham sua vida sob constante vigilância. Mas a realidade se impunha ferozmente: ser Antônio, o político, era uma máscara que se tornara desafiadora de carregar, somando-lhes questões internas que frequentemente pareciam contradizer a imagem que precisava projetar.

O silêncio acometia-o como um amigo e um inimigo. Havia momentos em que ansiava por companhia, mesmo que fosse a música suave que tocava no rádio. E enquanto as notas flutuavam no ar, cada melodia parecia ecoar seus anseios mais profundos — o desejo de se conectar, de ser mais do que uma figura pública, de se sentir humano em meio ao turbilhão. Em sua mente, imagens de encontros e momentos compartilhados se misturavam com a saudade de uma pessoa que, mesmo distante, ocupava um espaço imenso em seu coração.

Aline. O som desse nome era quase como um sussurro, algo que sempre trazia à tona uma mistura de esperança e receio. A imagem dela se materializava em sua mente com detalhes vívidos: os olhos curiosos, que pareciam absorver o mundo a sua volta, e o sorriso que iluminava até os dias mais nublados. Lembrava-se de um dia específico, quando cruzaram olhares em uma festa em um bairro muito longe da sua rotina política. O tempo parou por um instante. A maneira como ela falou sobre os desafios do dia a dia, ouvindo as pessoas em sua essência, foi simplesmente cativante. Ele achou impressionante a liberdade dela. No fundo, Antônio se perguntava se um dia poderia ser tão autêntico quanto ela.

Conforme as horas se arrastavam, ele se via imerso em reflexões. O que era realmente importante para ele? A alma clamava por respostas sinceras, e o amor idealizado que nutria por Aline pairava como uma brisa suave, trazendo consigo um toque de doçura e dor. Seria a conexão entre eles apenas um sonho distante? Ele se questionava se sua ambição política poderia coexistir com um desejo genuíno por amor. A luta entre a busca por reconhecimento e a busca por ligação emocional se tornava cada vez mais intensa.

Como poderia lutar por mudança e, ao mesmo tempo, se sentir tão isolado em sua busca por um espaço que o preenchesse?

A noite se aprofundava e, por trás das cortinas, a cidade pulsava com vida. Antônio fechou os olhos e pensou em como o amor poderia tecer-se na trama da sua trajetória. Cada dia em que acordava determinado a fazer mais, ele se via impulsionado por um desejo não apenas de vencer, mas de construir um futuro onde a sensibilidade e a empatia não fossem apenas palavras bonitas, mas ações concretas. O amor, mesmo que idealizado, tornava-se a luz a guiar seus passos incertos. Assim, mesmo na intensidade do conflito interno, a conexão que sentia por Aline começava a se entrelaçar com seus anseios de transformação social, criando um desejo irresistível de superar os limites impostos pela solidão e pela dúvida.

Era um milagre silencioso, mas intenso, que surgia entre ele e seus sonhos. Ele sabia que, para agir de maneira significativa, precisaria se conectar com aquilo que realmente importava — e com Aline no cerne de suas reflexões, a batalha pela mudança social ganhava um novo significado. Antônio percebeu que o amor poderia se tornar uma essência restauradora, uma corrente que o levava a lutar não apenas pela política, mas pelas pessoas, e essa descoberta era um passo essencial para um futuro que ele mal sabia que estava construindo.

A visão de Aline sempre ocupou um espaço especial na mente de Antônio. Ele a lembrava não apenas pela beleza cativante, mas pela simplicidade que emanava. O movimento suave dos cabelos ao vento, o jeito singelo de se expressar, tudo nela parecia exalar um ar de autenticidade que falava diretamente ao coração dele. As conversas que tiveram, embora escassas, soavam como melodias na sua memória, ecoando em momentos de solidão. Ele se recordava de um dia ensolarado em que se encontraram por acaso em uma feira. As barracas de frutas vibrantes giravam ao redor, e ela ria enquanto experimentava uma fatia de manga, suculenta e doce. Antônio se lembrava do sorriso dela e como aquela risada tinha o poder de iluminar até sua mais densa incerteza.

Ainda assim, havia uma barreira quase invisível entre eles. A admiração que sentia por Aline tornava-se uma mistura intensa de desejo e receio. Ele a via como uma estrela distante, deslumbrante, mas inalcançável. O que mais o intrigava era a maneira como pensava nela, em cada momento de dúvida ou vitória. Enquanto enfrentava desafios em sua jornada política, a imagem dela surgia como um porto seguro, uma fonte de inspiração e força. Ele se perguntava frequentemente o que ela pensaria sobre suas decisões e estratégias, se conseguiria, ao menos em uma fração de segundo, entender o impacto de suas escolhas na vida das pessoas ao redor.

Ao longo das semanas, a presença de Aline começou a moldar suas motivações. Sua perspectiva sobre a política, os debates e as campanhas se tornaram entrelaçados com o que ele sentia por ela. Era como se cada discurso que ele proferia ou cada proposta que apresentava fossem, de alguma maneira, um reflexo do que desejava construir não apenas para si, mas para aqueles que, assim como Aline, mereceriam um mundo melhor. Ele queria mostrar a ela que a vaidade e os problemas do mundo poderiam ser superados; que ele lutava por uma realidade que tornasse a vida dela mais plena, mais digna.

«O que é um político», pensou uma vez, «senão um sonhador em meio à realidade?». Antônio, em suas reflexões íntimas, percorria esse labirinto de emoções. Era um criador de esperanças, mas também um ser humano repleto de inseguranças. A luta entre sua ambição e o desejo de se conectar de forma autêntica com alguém como Aline tornava-se, a cada dia, mais intensa. Ele perguntava a si mesmo se seria capaz de abrir seu coração em meio a um mundo que frequentemente exigia o contrário. E foi assim que, em noites frias de Salvador, enquanto as luzes da cidade piscavam como estrelas, ele se via escrevendo cartas não enviadas, repletas de palavras que queria dizer, mas que nunca encontravam o caminho para fora.

Na maioria das vezes, essa idealização se tornava um escape, uma forma de ele se sentir mais próximo dela, mesmo em sua ausência. De certa forma, essa conexão metafórica com Aline era um combustível para suas ações públicas, um lembrete constante do porquê de sua luta. As questões sociais que antes lhe pareciam meramente acadêmicas agora pulsavam com uma diretriz emocional, e no fundo de sua alma, Antônio sabia que sua responsabilidade era maior do que ele mesmo. Dessa forma, o amor idealizado por ele por Aline se transformava em um elo poderoso entre o ser humano e o político, revelando a complexidade das relações que geram transformações na sociedade. Ele sabia que precisava enfrentar suas inseguranças e encontrar formas de unir esses dois mundos, mesmo que isso significasse correr riscos, ousar desafiar o que a vida havia determinado para ele.

O amor idealizado que Antônio nutre por Aline é um daqueles sentimentos que se entrelaçam como os fios de uma tapeçaria, criando um padrão complexo e belo que, ao mesmo tempo, o inspira a agir e o confunde. Ele muitas vezes se encontra sentado em sua cama, cercado pelo aroma reconfortante de incenso queima, imerso em pensamentos sobre ela. Aline representa não apenas um desejo profundo e quase doloroso, mas também um espelho onde se refletem suas inseguranças e anseios mais íntimos.

Quando Antônio se lembra dos risos compartilhados em uma tarde ensolarada, ou mesmo das discussões acaloradas sobre o futuro do país que tiveram em um café aconchegante, sente um calor interno que o faz querer se destituir de seu papel político e se permitir ser apenas um homem apaixonado. No entanto, a imposição da vida pública o chama de volta à realidade, criando essa dualidade entre o homem que quer amar e o político que precisa ser respeitado. "Como posso ser um bom líder se não sou capaz de lidar com meus próprios sentimentos?", pergunta a si mesmo em momentos de solidão.

Essa conexão com Aline se torna uma força motriz em sua ambição política. Ele, inconscientemente, busca em sua luta social um caminho para dignificar esse amor idealizado. A ideia de melhorar a vida das pessoas à sua volta, de construir um mundo onde futuros apaixonados não precisem temer pelas condições em que viverão, vai além de uma simples meta. Isso se transforma em um propósito, um desejo do coração que ganha corpo frio na forma de promessas feitas em palanques, mas que também se exalta nas pequenas ações que realiza diariamente.

Entretanto, a pressão sobre seus ombros é real. Em meio a compromissos e reuniões incessantes, Antônio sente que o desejo de agradar a Aline flutua acima de sua cabeça como um farol. Ele anseia por um momento em que possa ser honesto, um momento em que possa abrir seu coração e revelar as fraquezas que o assombram. "Talvez eu não seja a imagem de liderança que esperam, mas sou apaixonado", pensa. Essa luta se torna ainda mais intensa quando ele percebe que seus próprios erros podem facilmente se transformar em barreiras, não apenas na esfera pública, mas também na esfera pessoal.

Qual será o preço a se pagar por essa ambição política, por essa busca por ideais que muitas vezes parecem distante? É um fio delicado que Antonio caminha, sabendo que a idealização de Aline não pode sustentar seus sonhos se ele não estiver disposto a se confrontar com suas fragilidades. Quando ele se imagina ao lado dela, a vislumbra como a razão pela qual ele se levanta todos os dias para enfrentar os desafios do mundo, mas também entende que precisa se mostrar vulnerável. Esse amor é, afinal, um milagre que pode transformá-lo, mas exige dele a honestidade e a coragem necessárias para se despir das armaduras que a política impõe.

E é nesse turbilhão de emoções que ele percebe: cada plano de ação, cada palavra contundente dita em discursos, não é apenas sobre votos ou aprovação, mas se entrelaça profundamente com o desejo de ter um impacto real e humano na vida da sociedade. O amor que sente por Aline não é uma fuga, mas uma âncora e uma vela. Ele legitima sua luta e dá sentido às suas conquistas. É uma batalha interna que todos podemos reconhecer, onde a luta entre o coração e os deveres sociais nunca é fácil, mas sempre traz reflexões profundas sobre o que significa realmente viver e amar.

Capítulo 3: Encontros e Desencontros

Antônio sempre teve uma relação curiosa com as festas universitárias. Aqueles ambientes efervescentes, recheados de risadas e música alta, eram ao mesmo tempo sedutores e assustadores. Salvador pulsava em cada esquina, e as festas refletiam sua energia contagiante, mas ele se perguntava se conseguiria realmente encontrar conexões significativas em meio a tanta superficialidade. A vida noturna era um espetáculo de cores e sons, mas o que ele mais almejava era a profundidade nas interações.

Em meio a um grupo de amigos — alguns deles verdadeiros companheiros de jornada, outros mais parecidos com sorrisos efêmeros que apareciam e desapareciam entre uma bebida e outra — Antônio flutuava entre o desejo de pertencimento e a frustração de sentir que, na maioria das vezes, estava mais sozinho do que nunca. Ele se lembrava de uma festa em particular, onde a luz amarelada refletia o brilho dos olhos de conhecidos. O cheiro de café fresco misturava-se com a nostalgia de conversas que começavam com pequenos sorrisos e se transformavam em risadas descontraídas. No entanto, de cada risada que compartilhava, sentia um frio na barriga ao perceber que, sob a superfície, nada era tão profundo quanto desejava.

"E aí, Antônio! Vem aqui, vamos tirar uma foto!" gritou Jéssica, uma amiga de risada fácil. Ele se aproximou do grupo, mas enquanto os rostos brilhavam nas selfies, dentro de si, havia uma inquietação. Será que essas risadas compartilhadas eram nada mais que ecos de uma juventude efêmera? O dilema o acompanhava como uma sombra. Após alguns takes, enquanto todos celebravam o momento, sua mente vagava. Ele pensava em como as conversas se tornavam informais, com piadas recorrentes sobre a vida acadêmica, mas a profundidade que ansiava parecia escorregar entre seus dedos como areia.

Um dos momentos mais hilários daquela noite foi quando Lucas, seu colega de curso, decidiu que era a hora perfeita para testar seus dotes de dançarino. Ele subiu em uma mesa, rebolando como se não houvesse amanhã, enquanto os outros riam e incentivavam a performance. Antônio não conseguia conter a risada, o que tornava tudo mais leve. Mas, enquanto testemunhava essa cena cativante, uma pontada de melancolia se apossou dele. "Como pode ser que a vida seja tão divertida e, ao mesmo tempo, tão solitária?", ele se questionou em um súbito momento de introspecção.

Era engraçado como, mesmo em companhia, a solidão podia ser um sentimento tão palpável. Ele olhava para os rostos ao seu redor e stories de algumas amizades que não passaram de uma efêmera troca de olhares. Aqueles mesmos rostos que faziam parte das festas eram a prova de que algumas conexões não floresciam, mesmo em um ambiente vibrante. Em meio aos abraços calorosos, havia uma busca voraz por algo mais, uma verdade que não se via refletida nas investidas sociais ditadas pelas regras não escritas da vida universitária.

E então, sob a luz suave do fim da noite, quando a festa começava a esmorecer e a energia não parecia mais tão contagiante, Antônio avistou um casal no canto da sala. Com gestos delicados, trocavam confidências enquanto sorrisos iluminavam seus rostos. O contraste entre a alegria deles e a solidão sentida por ele era, de fato, um lembrete constante da busca emocional. Ah, e claro, esta cena não deixou de trazer à tona suas próprias expectativas e anseios. O que ele realmente buscava era um amor que fosse algo mais do que simples flertes; ele queria alguém que o compreendesse, que partilhasse dos mesmos sonhos.

Com o olhar perdido, ele decidiu refletir sobre tudo isso. As festividades, ainda que repletas de vozes animadas, deixavam um espaço vazio em seu peito. "Por que é tão difícil encontrar a pessoa certa?", repetia para si mesmo, enquanto tentava se convence rde que todos estavam passando por algo semelhante. Ele talvez estivesse criando barreiras, mas o medo de se expor se tornava cada vez mais pesado. Entre sorrisos e copos erguidos, ele se perguntava o que exatamente faltava.

Essas festas repletas de encontros e reencontros revelavam um Antônio em busca, não só de diversão, mas de sentir que pertencia a algo maior. O calor humano era sedutor, mas as conversas superficiais deixavam um gosto agridoce. Se ao menos essas interações pudessem se transformar em algo mais verdadeiro, mas, por hora, tudo que sobrava eram ecos de risadas misturados com a melancolia de quem anseia por conexões mais genuínas.

Antônio se viu imerso em uma onda de sentimentos ao vivenciar os amores não correspondidos. Os eventos universitários, repletos de risadas e música alta, eram também cenários de esperança e desilusão. Um dia, enquanto observava as luzes piscando e o movimento frenético da pista de dança, ele não pôde ignorar a presença de Mariana. O jeito dela de rir, como se cada gargalhada ecoasse a alegria de um novo amanhecer, fazia com que sua barriga se revirasse. A conexão parecia instantânea, mas, aos poucos, Antônio percebeu que a reciprocidade naquele relacionamento era um sonho distante.

Mariana estava sempre cercada de colegas, suas interações eram rápidas e efêmeras, enquanto Antônio tentava se aproximar, seu coração acelerando a cada passo. Ele se lembrou da primeira vez que tentara puxar conversa com ela. No meio de um grupo animado, ele falou sobre um filme que ambos gostavam, mas a resposta dela foi vinda de tão longe que soou como uma música desafinada. O sentimento de rejeição o atingiu como uma onda, levando consigo a leveza da conversa e deixando apenas a frustração à deriva.

Então veio o fim da festa. As pessoas se dispersaram, algumas trocando números e promessas de futuros encontros, enquanto Antônio se viu parado, com a sensação de que havia perdido não apenas uma oportunidade, mas a chance de um pertencimento maior. Questões começaram a brotar em sua mente: "Por que é tão difícil encontrar a pessoa certa?" Ele olhou ao redor, observando casais trocando olhares apaixonados. Um sorriso tímido se formou em seu rosto ao imaginar como seria se um desses sorrisos fosse dirigido a ele.

Na reflexão, seus pensamentos se entrelaçavam. Será que criava barreiras sem perceber? A dúvida o instigava como uma sombra, enquanto as lembranças das interações com Mariana reverberavam em sua cabeça. "Talvez eu não tenha sido claro," pensou consigo mesmo. Poderia ter sido mais ousado, mais próximo, mas, em vez disso, optou pela reserva, um reflexo de suas inseguranças.

O que Antônio não sabia era que essas experiências de desilusão o moldariam de maneiras que ele ainda não conseguia compreender. Um momento marcante foi quando, em uma festa à beira da praia, ele notou um casal se proclamando amor eterno sob a luz suave do luar. A cena o cortou ao meio, e ele se viu conectado às suas próprias ambições e desejos. Queria um amor real, não apenas o idílico. Sentiu-se um pouco deslocado, como um espectador de sua própria vida. Lembrou-se de como sempre desejou esse tipo de conexão, alguém para partilhar não apenas risadas, mas os suspiros profundos das dificuldades e as vitórias diárias.

Essas desilusões não o deixaram desolado. Ao contrário, cada uma trouxe consigo uma lição disfarçada de dor. Antônio começou a observar não apenas seu próprio vazio, mas a complexidade das relações ao seu redor. As coisas não eram tão simples quanto pareciam; havia histórias profundas por trás de cada interação. E, assim, ao experimentar a frustração e a redentora esperança, ele se viu mais humano, mais inteiro.

Essas experiências iriam moldá-lo, prepará-lo para os próximos passos de sua jornada amorosa, revelando que cada encontro, carregado de expectativas, também significava uma valiosa oportunidade para aprender sobre si mesmo. Assim, ele refletia sobre a necessidade de abrir o coração, mesmo que isso significasse se arriscar a ser ferido novamente. Essa seria a verdadeira batalha - não apenas conquistar o amor, mas aceitar a vulnerabilidade que vem com ele. Essa era a realidade que Antônio passava a abraçar, na luta entre o desejo de conexão genuína e o medo de se decepcionar.

As amizades que florescem no ambiente universitário são como plantas que se desenvolvem sob a luz do sol, cada uma com seu próprio jeito de crescer, suas particularidades e desafios. Antônio começou a perceber isso durante longas noites de estudo na biblioteca, rodeado de colegas que, a princípio, eram apenas rostos conhecidos. Foi ali que, aos poucos, algumas dessas relações se transformaram em laços verdadeiros, como o café quentinho que o aquecia nas madrugadas frias.

Certa vez, em um trabalho de grupo, a vibe estava tão tensa que quase poderia ser cortada com uma faca. Cada um tinha suas ideias, e o debate fervia, mas também havia a leveza nas piadas que escapavam durante as discussões. Um dos colegas, Pedro, sempre tinha uma história hilária para contar, mesmo no meio de uma apresentação que parecia desandar. Ele afirmou que comentou o trabalho com um amigo tão distraído que ele pensou que estavam conversando sobre comprar um carro novo. Todos riram, e nesse momento, Antônio sentiu que aquele projeto, por mais complicado que estivesse, estava valendo a pena pelo simples fato de estarem juntos ali.

Esses pequenos momentos se tornavam fundamentais para Antônio, que sempre buscou a autenticidade nas relações. As conversas profundas em cafeterias, com o cheiro do café fresco envolvendo o ambiente, e as discussões acaloradas sobre política e sonhos revelavam partes de si que ele nem sabia que existiam. Era como se a presença dos amigos o estimulasse a explorar novas facetas de sua identidade. Um certo dia, dois colegas começaram a discutir sobre os rumos da política. Em meio à conversa, um deles falou sobre a importância de não se deixar levar pelas aparências e sim por princípios. Antônio se lembrou de como, ao longo do tempo, ele havia se preocupado em mostrar uma imagem perfeita, mas, naquelas conversas, ele percebeu que era a vulnerabilidade que realmente cativava as pessoas.

Naquele mesmo grupo, um deles, Ana, surpreendeu a todos ao trazer à tona suas inquietações sobre o futuro. Ao falar sobre a possibilidade de seguir carreiras diferentes, ela expôs seu medo de não ser aceita, de não se encaixar nas expectativas. Nesse instante, o coração de Antônio se aqueceu de empatia. Lembrou-se de quando também se sentiu perdido, com a pressão das escolhas pesando nos ombros. Juntos, começaram a trocar experiências, e isso criou um espaço seguro onde os sentimentos podiam ser expostos sem julgamentos. O calor da amizade que crescia a cada dia proporcionava uma sensação de pertencimento que ele mal conseguia descrever.

Esses laços não eram apenas divertidos, mas também ensinamentos. Em um dia específico, Antônio e seus amigos se reuniram em um parque para um piquenique que rapidamente se transformou em um acampamento improvável. Entre risadas e histórias de superação, ele viu como cada um ali tinha uma bagagem a carregar. Um deles, Lucas, contou sobre uma desilusão amorosa que o havia deixado em pedaços. A maneira como o grupo o apoiou, ouvindo sem apressar as palavras ou oferecer soluções prontas, foi o que fez Antônio entender o poder da empatia. Ele se lembrou de que cada um tem suas batalhas e, muitas vezes, o que precisamos é de alguém que escute, alguém que esteja presente.

Essas interações eram, de certo modo, uma metáfora da vida. Enquanto tentavam descobrir o que queriam para o futuro, buscavam também entender o que significava amar, confiar e ser amado. Em conversas sobre projetos de vida, um deles mencionou a vontade de viajar pelo mundo e, de repente, todo o grupo se deixou levar pela ideia intrigante das possibilidades. Era como se a conversa os levasse a todos os rincões do planeta, a cada nova história compartilhada, uma nova perspectiva surgia.

Antônio tornou-se mais consciente do quanto suas amizades moldavam sua percepção do mundo. A generosidade e o apoio que surgiam nas interações diárias contribuíam para uma nova visão sobre a vida, onde a confiança e a vulnerabilidade se tornavam essenciais. Às vezes, bastava um olhar ou uma frase simples para que ele percebessem que nunca estavam sozinhos nessa jornada.

Cada riso tinha um significado mais profundo e cada conversa, por menor que parecesse, trazia a expectativa do novo.

Essa culminação de experiências, de eternos encontros e desencontros, foi transformando Antônio. O calor humano que nutria essas relações lhe ensinou que é nas diversidades que se encontram as verdadeiras riquezas das amizades. Não eram apenas colegas de classe; eram companheiros de vida, cúmplices nos altos e baixos, que faziam cada dia mais interessante. Assim, a busca por relacionamentos significativos continuava, e ele percebia que o verdadeiro aprendizado estava muito além das paredes da sala de aula; estava interligado aos corações ao seu redor e ao amor que se desenrolava em cada pequena interação.

Antônio estava envolto em uma reflexão profunda, como se visse toda a sua história de encontros e desencontros diante dos olhos, um filme passando em câmera lenta. Cada amizade e cada desilusão se desdobravam em detalhes, oferecendo lições que pareciam estar gritando por atenção na sua mente. Ele percebeu que cada relação que havia construído era mais do que mera casualidade; eram momentos de aprendizado, mesmo que, às vezes, se revestissem de dor. Aquela sensação de estar perdido em meio a tantas interações efêmeras começava a dar lugar a um entendimento mais sutil de si mesmo e dos outros.

Em meio a esse turbilhão de pensamentos, uma cena ainda vibrava em sua memória, como um eco nostálgico. Ele se lembrou de uma festa em um apartamento no Pelourinho, onde o cheiro do acarajé fritando invadia o ar, e o som da música baiana envolvia cada canto. Durante a noite, um casal dançava de forma tão íntima que parecia estar em seu próprio mundo. Antônio os observava, sentindo uma pontada de saudade de algo que ele ainda não tinha. Perguntava-se se um dia teria alguém com quem compartilhar uma conexão tão profunda. "Por que é tão difícil encontrar isso?", ele se questionava com um misto de melancolia e esperança.

Ele percebeu que, por trás de cada sorriso brilhante nas festas e cada risada compartilhada, havia uma camada invisível de solidão. Sim, havia amigos que conspiravam com ele em risadas e planos, mas sempre havia um vazio subjacente que parecia resistir a ser preenchido. Refletindo sobre isso, Antônio se deixou levar por um dia qualquer, lembrando-se da conversa um tanto boba que tivera com um colega de curso sobre a necessidade de se criar laços reais, enquanto bebiam café em uma das muitas cafeterias onde costumavam passar as tardes. "Você não acha que é tudo uma fachada?", questionou seu amigo, enquanto remexia o açúcar na xícara. "Às vezes, o que parece ser divertido é só um jeito de disfarçar a solidão."

Isso ressoou em Antônio como um mantra. Ele não queria ser alguém que se escondia atrás de festas e risadas. Como se sentisse uma onda de coragem, decidiu que precisava se abrir mais, não apenas para o mundo ao seu redor, mas também para suas emoções. Podia não saber de tudo, mas sentir era um começo. Cada desilusão amorosa parecia menos uma derrota e mais uma oportunidade de se reerguer. Se ele pudesse transformar suas frustrações em aprendizado, talvez pudesse, quem sabe, encontrar o amor que tanto buscava. Como seria maravilhoso poder olhar para o futuro sem a sombra do medo o puxando de volta.

A maturidade, em última análise, parecia residir na habilidade de abraçar esses desencontros e transformá-los em crescimento. Em suas reflexões, surgiu a ideia de que o amor não era apenas encontrar a pessoa certa, mas entender que cada falha nas relações poderia ser um degrau na escada da vida, levando-o mais perto de alguém que realmente estivesse alinhado com seu ser. E foi nesse momento de epifania que uma brisa suave entrou pela janela do quarto, trazendo com ela o perfume das flores que começavam a florir nas ruas de Salvador, acentuando a beleza e a esperança que pairavam no ar.

Antônio sentia-se leve, como se um fardo tivesse sido tirado de seus ombros. Ele estava aprendendo que, mesmo em meio aos desencontros, sua jornada era repleta de significado. Um sorriso involuntário se formou em seus lábios enquanto ele olhava para o horizonte, onde o céu começava a se tingir de laranja e roxo, anunciando a proximidade do crepúsculo. Era como se o universo lhe dissesse que novas oportunidades estavam a caminho. "O que posso aprender com tudo isso?", ele se perguntou novamente, mas desta vez com um sentido renovado de curiosidade.

As esquinas da vida estavam repletas de lições não percebidas, e ele começou a se perguntar não apenas sobre os encontros que ainda viriam, mas sobre como ele poderia se abrir para eles. Suas desilusões transformavam-se em uma nova sabedoria. Um movimento que parecia insignificante, mas que inside secured his heart — um compromisso consigo mesmo de não se deixar abater por relações falhas e sim buscar novas experiências.

Naquele instante, a música suave que tocava ao fundo parecia reforçar esse momento de clareza. Era uma melodia tranquila que pairava no ar, ressoando com as esperanças e promessas de um futuro mais profundo. Antônio sorriu ao perceber que as nuvens escuras iam embora, dando espaço à luz do entendimento. Talvez, só talvez, seus próximos encontros não fossem desencontros, mas sim a abertura de portas inesperadas para conexões mais significativas. O dia estava apenas começando.

Capítulo 4: A Chamada das Redes Sociais

Antônio estava sentado no seu pequeno apartamento, observando a luz do fim da tarde filtrar-se pelas cortinas. A mesma brisa suave que agitava as folhas das árvores lá fora parecia não conseguir tocar seu coração, que pulsava solitário. Ele se perguntava se as redes sociais, tão promovidas como ferramentas de conexão, poderiam ser a resposta para a solidão que o acompanhava como uma sombra. As conversas nas mesas de café davam lugar ao vazio; a rotina parecia um ciclo sem fim, sem espaço para novos encontros e experiências.

Ele respirou fundo, ciente de que a tecnologia invadiu o cotidiano de todos, mas se perguntando também: será que isso não nos afastou uns dos outros? Afinal, como pode um toque de tela criar laços tão sinceros quanto um olhar? A angústia ressoava em sua mente ao observar seus amigos e conhecidos postando momentos felizes, imortalizando sorrisos em fotos que, para ele, pareciam um mundo paralelo. Por que não eu?, pensou enquanto a inquietude o empurrava para novos horizontes. Abrir um perfil em uma rede social parecia, a princípio, uma grande aventura — ou talvez uma grande ilusão.

Naquela tarde específica, o impulso foi mais forte. Antônio pegou seu celular, com a esperança de encontrar algo que o tirasse deste ciclo repetitivo. A configuração da conta levou mais tempo do que ele imaginou. Ele hesitou em compartilhar fotos; não havia um único retrato que o fizesse sentir-se bem o suficiente. Seus dedos dançavam no teclado, criando uma biografia que soava mais como uma coleção de desejos do que uma verdade. "Sincero e curioso", ele digitou, mas nas entrelinhas a insegurança gritava. Ele esperava que, ao clicar em "conectar", algo mudasse; que uma porta se abrisse e, quem sabe, o levasse a um mundo mais acessível e vibrante.

O primeiro olhar na tela do seu novo perfil foi tão intenso quanto um golpe revelador. Curiosamente, ele se sentia como se estivesse se apresentando a um público que nunca havia pedido para ouvir sua história. Quantas vezes ele já tinha imaginado esse momento? A expectativa estava lá, mas também vinha acompanhada de um certo frio na barriga. Havia esperança soprando nas bordas de sua alma, mas nada era tão simples. A ansiedade latente o fazia voltar a questionar: será que ele era realmente autêntico?

No início, as interações foram tímidas, quase como se estivesse jogando uma pedra em um lago para ver se a superfície respondia. Ele se lembrou de um amigo que dissera uma vez: "Ninguém se importa, Antônio, todos estão ocupados demais com suas vidas". E isso pareceu ecoar em sua mente a cada resposta que não recebia — sempre se perguntando se o problema estava nele ou na natureza efêmera das interações online. A ausência de respostas foi uma espécie de frustração sutil, mas intensa, como uma faca que o cortava de leve, lembrando-o de que a conexão digital não era garantia de conexão humana.

O que deveria ser um espaço de intercâmbio se mostrava um reflexo da solidão que ele tentava desesperadamente evitar. Ele começou a perceber que, dependendo do olhar que tivesse, as redes sociais poderiam ser um abrigo ou uma prisão. A tecnologia, em sua essência, abria novas portas, mas também tornava visíveis muros que nunca antes eram percebidos. A pergunta sempre voltava à tona: será que isso era mesmo um escape ou um novo tipo de solidão? Cada notificação silenciosa que aparecia na tela acompanhava essa questão com um peso crescente.

Ali, na penumbra do seu apartamento, estava Antônio, leitor de sua própria história — um autor sem enredo definido, esperando que o próximo capítulo da sua vida se fosse escrever na tela de um celular. Uma nova era digital despontava, repleta de interações esperadas e inesperadas. E, sem perceber, ele estava prestes a adentrar nesse jogo, lançado como um jogador ávido por novas conexões, mesmo que seu coração carregasse a fragilidade das incertezas.

Antônio sentou-se à frente da tela do computador, os dedos hesitando um pouco sobre as teclas. Ele sabia que, ao criar um perfil naquela rede social, estava treinando um novo modo de se relacionar com o mundo. Não era fácil para ele, alguém que sempre se sentiu mais confortável no silêncio do seu próprio espaço, longe das luzes da ribalta e das interações artificiais. Aquela nova aventura trazia um misto de ansiedade e uma curiosidade quase infantil. "E se algo surpreendente acontecer?" pensou, enquanto um friozinho na barriga se instalava.

As primeiras interações foram tímidas. Antônio entrelaçava palavras com cuidado, quase como se estivesse escrevendo um poema em sua mente antes de soltar ao mar digital. Havia um jogo de perguntas e respostas nas mensagens, um balé sutil entre tentar ser interessante e lidar com suas inseguranças. Ele lembrava-se de sua conversa com o amigo de infância, que costumava dizer: "É como dançar com alguém que nunca conhecemos, e ao mesmo tempo, nos sentirmos soltos para pisar nos pés da outra pessoa." Era assim que se sentia, sempre receoso de não ser suficientemente bom, ou interessante, ou quem sabe, irresistível.

E então vinham as respostas. Ou, frequentemente, a falta delas. Em vez de transmitir a conexão esperada, muitas vezes as interações deixavam Antônio mais isolado. Ele se perguntava se estava realmente se expressando de maneira autêntica ou se todas aquelas palavras digitadas pareciam meros ecos em um espaço vazio. O que ele esperava era um retorno reconfortante, um sinal de que do outro lado havia alguém disposto a ouvir e a entrar em sua dança. Mas, por vezes, a solidão gritava em sua mente: "Qualquer semelhança com um diálogo humano é mera coincidência."

Ao mesmo tempo, observava perfis alheios com uma pitada de admiração e um toque de desconfiança. As fotos bem elaboradas, as frases inspiradoras, tudo parecia tão polido, tão perfeito. Ele se perguntava se aquela era a verdade ou apenas uma máscara que as pessoas vestiam. Se outras pessoas eram capazes de compartilhar seus anseios e vulnerabilidades, por que ele não conseguiria também? Mas havia aquele receio insistente, uma voz no fundo da sua mente que questionava: "Você é mesmo interessante o suficiente para ser notado?"

As dúvidas dançavam em sua mente, e ele, preso a elas, sentiu um laço se formar entre a frustração e a expectativa em cada nova notificação. Olhar para a tela tornava-se um exercício de coragem e de esperança. No entanto, isso não era um caminho claro nem fácil. Algumas mensagens recebiam respostas cálidas, mas muitas acabavam em um silêncio que parecia retumbar, deixando Antônio em um estado de reflexão pensativa. Ele percebeu que, naquele espaço virtual, a solidão poderia não ser tão distante quanto imaginava. E ao mesmo tempo, a esperança de descobrir algo novo permanecia viva.

Nesse turbilhão de emoções, ele se permitiu dar um passo adiante. O sentimento de se expor naquelas interações tornava-se vital. No final das contas, o que Antônio queria, mais do que tudo, era encontrar alguém que também estivesse se perguntando se a conexão era possível além das telas. Essa busca por resposta – resposta não só vinda de outras pessoas, mas dele mesmo – colocava-se como um desafio imenso. Entre risos e lágrimas, entre envios e não envios, ele estava prestes a descobrir que, mais do que palavras, o que se esperava das redes sociais era um vislumbre da nossa essência mais autêntica.

Patrícia apareceu naquele mundo virtual como uma lufada de ar fresco, uma presença iluminada mesmo que em uma tela. A primeira vez que Antônio se deparou com o perfil dela, sentiu seu coração acelerar de uma forma estranha e inesperada. As fotos que ela postava transpareciam uma alegria autêntica, uma luz que ele não conseguiu entender, mas se viu imediatamente atraído. "O que seria tão especial nela?" se perguntava. Mas, por dentro, um calor familiar o envolvia, como se estivesse diante de algo que não sabia que precisava. Ele não a conhecia, mas a idealização se instalou de maneira suave e quase sufocante.

Conforme os dias passavam, Antônio começou a explorar as postagens de Patrícia, suas legendas cuidadosamente elaboradas, que pareciam falar diretamente com ele. Em cada mensagem, uma dica sobre a vida, uma pitada de humor sutil, algo que lembrava um abraço reconfortante. Ela compartilhava experiências que o faziam pensar em suas próprias inseguranças. Cada curtida que ele dava em suas postagens era como uma pequena conversa inacabada entre eles, uma troca silenciosa de emoções. No entanto, seu coração balançava entre a excitação e a dúvida. "E se ela não for como eu imagino? E se isso tudo não passar de uma projeção das minhas expectativas?", questionava-se frequentemente, sentado à sua mesa, olhando para a tela que antes representava apenas solidão.

Havia uma beleza nesse jogo de suposições, no embalo entre a expectativa e a realidade. A verdade é que ele estava profundamente enredado nas suas fantasias. Sim, as interações eram eletrônicas e com isso vinham muitas inseguranças, mas a essência do contato humano ainda estava ali, mesmo que mediada pela tela. Ele começava a arriscar comentários nas postagens de Patrícia, desejando se mostrar interessante, buscando ansiosamente por respostas. Cada notificação que aparecia era uma faísca no dia comum de Antônio. E quando um comentário dela chegava, sua mente disparava em mil direções: "Quem ela é de verdade?", "Será que ela também se sente solitária às vezes?".

Essas perguntas ecoavam de forma constante. Ele se pegou desejando saber mais sobre a vida dela, suas paixões, seus medos. Lembrou-se de quando se sentou para ler uma biografia de um artista famoso e ficou absorto nas páginas, imaginando os desafios, os triunfos. Assim, começou a pensar em Patrícia não apenas como um nome em uma tela, mas como uma pessoa com uma história riquíssima por trás. O que ela sonhava? O que a fazia ri? A ideia de uma conexão autêntica o empurrava adiante, mesmo que as interações ainda girassem em torno de comentários leves.

Pouco a pouco, suas conversas começaram a se desenrolar mais do que simples interações de rede social. Compartilharam gostos por filmes e músicas, mergulharam em conversas sobre livros que marcaram seus caminhos. Havia, então, uma troca de pensamentos, um diálogo que fazia Antônio sentir uma vulnerabilidade que ele não esperava. Era curioso como a sensação de estar se revelando a alguém que ele nunca viu pessoalmente parecia tão estimulante. Ele se permitia contar histórias que geralmente guardava só para si, memórias que o formaram, que o tornaram quem era. Era como se Patricia fosse um espelho das partes dele que ele temia compartilhar.

A cada mensagem enviada, a cada resposta que chegava, a linha que separava o real do virtual se tornava mais tênue. Nesses momentos, ele percebeu que além de uma mera tela, estava se envolvendo em uma relação que poderia ser profunda. E isso o assombrava e o fascinava ao mesmo tempo. Ele se viu repensando o que realmente significava se conectar com alguém em um mundo que frequentemente parecia frio e distante. O que era autenticidade, afinal, em uma interação mediada por uma tela? As perguntas dançavam em sua mente, mas ele se permitiu explorar. Era esse misto de sentimentos e descobertas que trouxe uma nova luz à solidão que ele conhecia tão bem.

As conversas entre Antônio e Patrícia começaram a evoluir de forma surpreendente. O filtro da superficialidade inicial, que parecia um obstáculo intransponível, começou a se desfazer lentamente. Cada troca de mensagens se transformava em um espaço seguro, onde ele sentia a necessidade de se mostrar como realmente era, com suas inseguranças e alegrias. As perguntas de Patrícia, sempre curiosas e envolventes, o faziam reaprender a arte da vulnerabilidade.

Uma vez, em um momento de mais intimidade, Patrícia compartilhou uma memória de infância que a marcara. Ela falou sobre um conselho que recebera da avó: "Às vezes, o que precisamos é simplesmente estar disponíveis para a vida, porque as melhores coisas acontecem quando não estamos esperando". Antônio ficou pensativo. Essa simples frase causou um abalo em sua percepção sobre conexões humanas. Ele se lembrou de um verão em que decidiu fazer uma caminhada sem destino, apenas para se surpreender com uma vista deslumbrante que nunca imaginara encontrar. Essa lembrança o trouxe de volta àquela conversa, onde cada palavra parecia carregada de um significado profundo.

Em resposta, ele se permitiu confiar um pouco mais em suas próprias histórias. Relatou um episódio em que se deixou levar pela paixão por um projeto que nunca havia realizado: uma pequena horta em sua varanda. "Sabe, eu achava que não tinha jeito para plantas, mas foi a experiência de vê-las crescer – mesmo com algumas quedas – que me fez perceber como a vida pode ser luxuosa em suas pequenas partes", escreveu, sentindo um misto de excitação e receio ao se expor dessa forma. Havia algo incrivelmente íntimo na troca de experiências que ambos estavam estabelecendo. As conversas, antes um mero entrelaçar de palavras, começaram a refletir suas almas, impressões e desejos.

E isso o fez questionar: até que ponto ele realmente conhecia aquela mulher do outro lado da tela? A idealização começava a tomar mais forma. Ele sabia que estava criando uma imagem dela em sua mente, desenhando um quadro ideal que poderia ou não corresponder à realidade. Mas essa dúvida não o impedia; pelo contrário, ele se sentia motivado a descobrir mais. Cada mensagem trocada era como levantar uma nova camada de uma cebola, o que o instigava a querer saber o que havia sob a superfície, além dos emojis e das curtidas.

O que ele mais ansiava era descobrir Patrícia em suas complexidades. O motivo do seu riso, suas frustrações, aquilo que a deixava inquieta às noites. Nesse sentido, as conversas se tornaram um reflexo não só da busca pela conexão com ela, mas uma jornada interna de autodescoberta. O que ele falava a ela, de alguma forma, acabava revelando muito sobre quem ele era. Era destinado a ser um diálogo recíproco, mas, em muitos aspectos, Antônio estava aprendendo a ver a si mesmo por meio do olhar do outro.

A vulnerabilidade se manifestava em pequenos detalhes, como quando ele admitiu o receio de ser mal interpretado. "Às vezes, sinto que as palavras não têm o poder que deveriam ter. Você já se sentiu assim?" O silêncio que se seguiu foi intenso. Ele esperou que Patrícia o respondesse, seu coração batia acelerado, mas ela não demorou. A resposta veio com uma honestidade que o envolveu como um abraço: "Sim, eu entendo. A comunicação é um milagre, mas tem suas limitações."

A dulcíssima troca de mensagens se transformou numa dança delicada. Como se estivessem dois dançarinos tentando acompanhar os passos um do outro, entre risadas e reflexões profundas. Aquela conexão on-line, inicialmente cercada por inseguranças e medo de rejeição, começava a se desenrolar como uma daquelas histórias que amamos contar. E no fundo de tudo, Antônio sentia que talvez, apenas talvez, ele poderia ter encontrado algo mais significativo do que ele mesmo imaginara. As fronteiras entre o online e o offline começaram a ficar menos nítidas, abrindo espaço para uma conexão que desafia a própria essência da modernidade. Nesse espaço virtual, onde tudo era inesperado, Antônio estava finalmente começando a se encontrar.

Capítulo 5: O Crescimento do Amor Platônico

Era uma noite quente na cidade de Salvador, e a lua brilhava intensamente sobre o mar, como um farol iluminando os pensamentos confusos de Antônio. Nos últimos meses, Patrícia havia se tornado uma presença constante em sua mente, quase como uma musa, capaz de transformar simples momentos em instantes de inspiração. Seu sorriso, que sempre resplandecia como a luz do sol, parecia iluminar até os cantos mais escuros de suas inquietações. Antônio se pegava pensando em como ser justo, como lutar pelas causas que ele acreditava, enquanto o eco da voz de Patrícia o incentivava a sonhar e a acreditar em um mundo melhor.

Ele a via não apenas como uma amiga, mas como uma figura quase mítica. Cada imagem que ele guardava dela na memória era adornada com uma aura de perfeição. As convicções apaixonadas de Patricia em relação à justiça social, suas palavras carregadas de emoção e anseio transformavam cada conversa em uma troca profunda. Assim, Antônio idealizava não apenas quem ela era, mas o que ela representava: um símbolo de esperança em um tempo repleto de desafios. Era como se Patrícia fosse a personificação de um futuro promissor, aquele tipo de amor que faz a gente querer ser a melhor versão de si mesmo.

Mas essa idealização tinha suas armadilhas. Momentos de reflexão lhe diziam que construir uma imagem tão pura e perfeita poderia ser um tanto ilusório. As dúvidas começavam a surgir, e Antônio hesitava em questionar se a imagem que ele havia criado na sua mente realmente correspondia à realidade. Ele se perguntava: será que Patrícia seria capaz de preencher todas essas expectativas? Ou será que ele estava apenas projetando suas próprias aspirações e desejos nela? O amor, como um conceito, se tornava cada vez mais complexo em sua mente, uma dança de esperanças e receios.

O café, sua bebida preferida, muitas vezes o acompanhava enquanto ele sonhava acordado com o riso de Patrícia. O aroma encorpado misturava-se a sua inspiração. Ele se lembrava de uma conversa em que ela falou sobre como os pequenos gestos podiam transformar vidas. Era exatamente isso que ele sentia por ela: um desejo avassalador de ser um agente de mudança, algo que ressoava com a essência do que ela defendia. No entanto, havia um fundo de insegurança subjacente, como se ele estivesse prometendo o céu, mas seu amor fosse uma tempestade por vir.

A idealização de Patrícia instaurou não só uma chama de esperança, mas também uma sombra carregada de dúvidas. Por um lado, era reconfortante. Ele sentia um calor no peito toda vez que pensava nela. Por outro lado, a possibilidade de que tudo fosse apenas um castelo de areia, algo que poderia desmoronar com a maré da realidade, o deixava inquieto. O amor, então, se revelava não como uma simples emoção, mas como um campo fértil de anseios, onde a vulnerabilidade sempre se escondia entre as flores da idealização.

Antônio sabia que sua visão de Patrícia era uma construção, mas ainda assim se deixava levar pelo delírio. Quase como um artista diante de uma tela em branco, ele coloria cada recordação com tintas vibrantes de emoção. Cada interação alimentava seu desejo. Mesmo uma simples troca de mensagens na madrugada, uma curadoria delicada de palavras, se tornava um momento crucial para Antônio, onde sua idealização ganhava vida e consistência, uma história que apenas começava a se desenhar.

Esse amor platônico lhe oferecia uma nova perspectiva, encorajando-o a ser a mudança que desejava ver no mundo. Mas, ao mesmo tempo, servia como um espelho que refletia suas próprias incertezas. Após cada conversa, ele se via dividido entre a alegria de ter um vislumbre de Patrícia em sua vida e o receio de que esse amor pudesse nunca se concretizar. Assim, essa idealização de Patrícia não era simplesmente um escapismo; era uma busca por algo mais profundo, por um significado que se entrelaçava com suas aspirações mais genuínas e íntimas.

A mente de Antônio fervilhava com uma mistura de sentimentos conflitantes. Ele se via navegando por um mar de emoções intensas, onde a real e a idealizada Patrícia ondulavam em sua consciência como sombras. A figura de Patrícia se transformava em algo praticamente etéreo, quase mitológico, à medida que ele começava a confrontar a realidade de seu amor platônico. Esse amor não era apenas uma fração de seu ser; era um universo inteiro que ele mesmo havia construído, repleto de esperanças e dúvidas. Ele ponderava se era possível que alguém tão iluminador quanto ela pudesse realmente estar disposta a abrir espaço em seu mundo por ele.

As conversas que tiveram, ainda que breves e esparsas, multiplicavam-se em sua mente. Cada frase enviada por Patrícia era um raio de sol em sua monotonia diária, um breve gozo que acendia uma chama dentro dele. Ele se lembrava de como o coração quase palpava ao perceber que ela lia suas mensagens; o simples "olá" dela ressoava como um eco profundo em seu interior. Mas havia a sombra do medo, um espectro que nunca se afastava completamente. Esses instantes de conexão traziam consigo o peso da incerteza. Ele se perguntava com frequência se o que sentia se baseava realmente em algo autêntico ou se era apenas um desejo projetado sobre alguém que, no fundo, lhe era estranha.

Antônio contemplava os momentos em que imaginava Patrícia sendo cativante, lutando por causas sociais e apaixonada por suas convicções. Ao mesmo tempo, questionava se a imagem que tinha dela não era apenas um reflexo de suas próprias aspirações. Todo o ideal que havia construído em torno daquela figura era reconfortante, mas também lhe parecia tentador demais para ser verdade. Esses pensamentos dançavam em sua cabeça, criando um ballet de inseguranças e aspirações. Afinal, seria realmente do interesse dela sentar-se ao lado dele e compartilhar não só pensamentos, mas também o silêncio confortável que a intimidade traz? Ou ele estava apenas se deixando levar por um devaneio?

À medida que as horas passavam, ele lutava contra a tentação de mergulhar mais fundo na idealização. O que estava a perder de vista era, talvez, a fragilidade da esperança. Ele se via balançando entre olhar para a realidade e se segurar ao sonho, e esse estado de tensão o deixava exausto. Um momento ele se via sonhando e acreditando em um futuro possível; no outro, a balança pesava para o lado da dúvida e do receio. O que pensaria Patrícia se soubesse do quanto ele pensava nela? Seria ela capaz de imaginar a profundidade do que ele sentia, ou seria apenas uma amiga que lhe dava um pouco de atenção?

As conversas flutuavam pela tela do celular, imersas em um contexto de leveza, mas carregadas de um peso invisível que Antônio bem conhecia. As interações se tornavam mais frequentes, uma interação suave como o som da brisa que passa sem fazer alarde. Em meio a risadas sobre besteiras cotidianas, havia sempre uma tensão subjacente, como se em cada mensagem ele estivesse colocando uma parte de sua alma em jogo. O desejo de se abrir era imenso, mas o medo de se expor e de ver suas vulnerabilidades desmascaradas o engessava. O paradoxo era claro: como amar alguém que, na prática, ainda era um enigma para ele?

Era como se ele estivesse tendo um sonho acordado, onde Patrícia era a resposta para suas perguntas mais profundas, mas também o motivo para algumas de suas inseguranças mais dolorosas. O crescimento da amizade lentamente se transformava em algo mais, mas como decifrar esse "mais" em meio à confusão de sentimentos? Algumas vezes, o coração parecia saber o caminho, enquanto a mente se debatia como um peixe preso na rede. E naquele incessante vai e vem emocional, algo estava mudando dentro de Antônio, mesmo que ele não tivesse plena consciência disso.

Ainda assim, o amor platônico não era apenas uma fantasia; era um processo de crescimento que lhe obrigava a encarar suas próprias limitações. Ele estava prestes a descobrir que amar, mesmo sem a certeza de correspondência, também poderia ser um espaço de aprendizado e desenvolvimento pessoal. O amor, afinal, é essa coisa misteriosa que nos transforma, e cada dúvida alimentava não apenas a insegurança, mas também a oportunidade de refletir sobre si mesmo de um jeito novo e inesperado. Despertava perguntas sobre quem ele era, sobre o que realmente queria, e essa busca por respostas era tão fascinante quanto angustiante.

Antônio estava navegando por um território desconhecido, meio perdido e meio encantado. Poderia ele lidar com a possibilidade de um amor que não fosse exatamente como esperava? Essa tensão emocional, que o acompanhava em cada pensamento e em cada interação, se tornava cada vez mais evidente. As perguntas ecoavam em sua mente: seria possível amar em um mundo cheio de incertezas, ou isso apenas o deixaria preso a uma lassidão de sentimentos? Assim, ele se preparava, sem saber bem como, para enfrentar as verdades que sua própria idealização poderia dele afastar ou aproximar, em uma jornada que prometia mais aprendizados do que finalizações.

A comunicação entre Antônio e Patrícia começou a ganhar vida, marcando um momento decisivo em sua relação. Ele se sentia como um artista diante de sua tela em branco, prestando atenção a cada detalhe que surgia nas palavras dela. As mensagens direto do aplicativo de mensagens tornaram-se o seu refúgio. Cada notificação soava como uma sinfonia, e a vibração do celular lhe proporcionava um misto de ansiedade e alegria. Era fascinante e aterrorizante ao mesmo tempo. Nesse espaço virtual, ele se sentia livre para expressar seus pensamentos e questionamentos. Contudo, havia sempre aquela interrogação pairando no ar: será que algo concreto poderia emergir daquela troca que parecia tão especial e ao mesmo tempo tão distante da realidade?

As conversas que antes eram pontuais começaram a se tornar mais frequentes. Em um dia, Patrícia comentou algo sobre suas crenças em justiça social; Antônio, impulsionado por uma paixão incontrolável, compartilhou uma ideia que lhe tinha fervilhado na mente. "Você sabia que pequenas ações podem gerar grandes mudanças?" perguntou ele, com um tom quase imperativo, como se quisesse convencê-la de que estava fazendo a diferença em seu próprio mundo. Patrícia respondeu com uma imagem de um evento comunitário que organizou, e a forma como ela descreveu seu envolvimento fez o coração de Antônio acelerar. Ele nunca tinha visto alguém tão comprometido e vibrante. Um sorriso surgiu em seu rosto, e mesmo sem querer, ele infestou a tela com emojis e exclamou: "Isso é incrível! Você é uma verdadeira inspiração."

Mas o encantamento tinha seu preço. Enquanto as mensagens se proliferavam, a voz interna de Antônio começava a se manifestar com mais clareza. Será que os sentimentos que ele nutria eram genuínos? Havia um abismo entre a mulher que ele idolatrava e a realidade que deveria encarar. Ele se perguntava se Patrícia poderia alguma vez perceber que suas interações eram envoltas em uma baixa expectativa que teimava em se manter em silêncio. Era uma dança delicada entre esperanças e receios, e a cada mensagem não respondida, a insegurança se acentuava.

As indicações sutis, os "gostei" nas postagens e as horas que levava para responder, deixavam Antônio com um frio na barriga. Ele se pegou, em um momento de desespero, pensando que poderia estar vivendo em um filme romântico, e que as coisas não podiam ser assim tão fáceis. A ideia de que seus sentimentos poderiam não ser correspondidos o atormentava. Existia um medo palpável de que seu amor platônico não tivesse o mesmo valor no coração de Patrícia. Era como se cada declaração de amizade tivesse uma sombra densa cobrindo um amor não expresso. Ele se via refletindo sobre isso em sua mente, tentando decifrar o que realmente se passava naquele imenso labirinto de emoções.

Como o tempo passava, pequenas interações se tornavam marcos em seu cotidiano. Uma mensagem de apoio em um dia chuvoso fez com que a esperança reinasse em seu coração. Ele e Patrícia compartilhavam não apenas ideias, mas também vulnerabilidades, e isso tornava tudo mais intenso. Um simples "Oi, como você está?" assumia ares de um poema em sua mente. O que começou como uma amizade platônica começava a adquirir uma cor vibrante e desconcertante, mas sempre questionando a realidade por trás daquela conexão. Cada dia era um novo capítulo, recheado de promessas e anseios por um encontro que poderia transformar, ou até mesmo redefinir, o que ele sentia.

E foi nesse turbilhão de emoções que Antônio percebeu que estava se permitindo sonhar. Não era só sobre Patrícia, mas sobre quem ele poderia se tornar. Aquela troca de mensagens se tornou um espaço não apenas de flerte e afeto, mas um laboratório onde sua própria identidade estava sendo moldada. Ao mesmo tempo que estava envolto em medos, também começava a reconhecer o que significava para ele o ato de amar, mesmo que de longe. Era um crescimento inesperado; uma janela se abrindo para um mundo cheio de desafios e inseguranças mas também de promessas. A vida de Antônio começava a ganhar novas nuances, um caleidoscópio de emoções que não poderia ser ignorado.

Antônio se permitiu um momento de reflexão. Era curiosa a forma como esse amor platônico por Patrícia havia moldado sua maneira de ver o mundo à sua volta. Ele se sentia como um artista em busca de sua obra-prima, tendo em vista que a musa ainda estava em um plano etéreo, fora de seu alcance. Às vezes, ele se pegava sorrindo sozinho ao lembrar de alguma conversa que tiveram nas redes sociais, cada troca de mensagem parecia um pedaço de um quebra-cabeça que o deixava cada vez mais intrigado. Que ironia, pensou, como alguém que você nunca encontrou de verdade pode ter um impacto tão profundo na vida de outra pessoa.

Ele olhou pela janela, observando a movimentação da cidade, o trânsito caótico de Salvador transformando-se em um pano de fundo cinematográfico. De repente, lembrou-se de uma frase que ouvira uma vez: "o amor é uma porta que se abre, mas é você quem escolhe cruzar o limite". Não que ele tivesse alguma certeza sobre qual direção tomar, mas a sabedoria contida na frase ressoava em seu coração, quase como um sussurro de que havia mais por trás de suas emoções do que um simples encantamento superficial.

E assim, Antônio mergulhou em suas esperanças. Era inevitável sentir uma alegria intensa ao pensar em Patrícia. Ela se tornara uma figura central em seu dia a dia. No entanto, essa conexão trazia consigo o peso da incerteza. Poderia ele realmente imaginar um futuro ao lado dela? O que aconteceria se toda essa idealização se desmoronasse, revelando apenas uma realidade que ele não estava preparado para enfrentar? As questões o assombravam durante longas noites silenciosas, enquanto ele tentava encontrar um sentido na dicotomia entre seus sentimentos e a realidade que o cercava.

Em meio a essas divagações, houve momentos preciosos que o fizeram acreditar que o amor platônico não era apenas uma ilusão. Certa vez, Patrícia enviou uma mensagem em que falava sobre uma causa social pela qual estava lutando. O modo como ela se dedicava à justiça ecoava em suas próprias aspirações, reforçando o que ele sempre admirou nela. Antônio sentiu que esse engajamento não era apenas um simples hobby; era uma paixão genuína, algo que podia tocá-lo profundamente. Encontrar alguém que compartilhava preocupações semelhantes era algo raro.

Ele se lembrou de um dia ensolarado em que estavam conversando sobre um projeto que ele queria desenvolver - um torneio de futebol para crianças em situação de vulnerabilidade. Ao ouvir seu entusiasmo, ela respondeu com um brilho nos olhos, quase como se ele estivesse revelando um pedaço de sua própria alma. Aquela conversa pegou fogo, incendiando em Antônio a certeza de que mesmo que essa relação estivesse repleta de incertezas, havia uma conexão genuína ali.

Entre um questionamento e outro, surgiu uma nova ideia: talvez essa falta de certezas fosse, na verdade, um convite para crescer. Para se permitir sentir o amor de forma plena e honesta, sem que a reciprocidade fosse um pré-requisito. Ele pensou na liberdade que aquelas trocas proporcionavam. Era reconfortante compreender que, mesmo sem resposta, existir um laço afetivo era uma oportunidade de se reinventar. Se amar fosse apenas sobre ter a reciprocidade definitiva, quantas histórias deixariam de ser contadas? Quão vazio o mundo se tornaria?

    E assim, no meio da confusão de sentimentos, Antônio começou a perceber que a jornada não era apenas sobre o destino. Era sobre como ele se transformara neste processo. Cada mensagem trocada com Patrícia, cada sonho construído na solidão de sua mente, estava moldando sua essência. Essa transformação era um imenso milagre, repleto de dor, mas também de uma beleza que ele nunca antes tinha sentido. Ele se via mais forte, mais confiante, ciente de que a verdadeira capacidade de amar não estava restrita ao que era visível, mas se expandia em direções inesperadas.

    E ao pensar em tudo isso, Antônio concluiu que talvez o amor platônico, por mais desafiante que fosse, trazia consigo um aprendizado essencial. Ele havia aprendido a se abrir, a questionar se seus sentimentos estavam condicionados à validação do outro. Sorrindo, percebeu que esse afeto era o que o empurrava para frente, um combustível emocional que o incentivava a sonhar mais alto. Ele sentiria essa emoção viva, pulsante, como a batida de um coração que não tem medo de amar, mesmo quando a correspondência ainda é um mistério. E naquela tarde, sentado à mesa de café, ele sabia que sua jornada estava apenas começando, repleta de desafios, mas também de promessas e, quem sabe, novas descobertas.

Capítulo 6: As Raízes da Saudade

Antônio sempre enxergou Patrícia como uma epifania em forma de pessoa. A beleza dela era quase de outro mundo, e ele se perdeu em uma idealização tão profunda que se tornou difícil distinguir onde começava a fantasia e onde terminava a realidade. Mas, em uma tarde ensolarada, enquanto eles se acomodavam em um café à beira-mar em Salvador, um peso diferente pairava no ar. A música do saxofonista que tocava uma melodia suave ao fundo competia com o som das ondas, mas a atenção de Antônio estava completamente voltada para Patrícia. Suas bochechas coradas e o olhar perdido em algum lugar distante começaram a revelar um lado dela que até então permanecia oculto por trás do sorriso encantador.

"Você se lembra daquela viagem para Morro de São Paulo?" Antônio perguntou, lembrando-se da forma como eles dançaram sob a luz da lua. No entanto, a resposta de Patrícia foi uma hesitação: ela olhou para o vazio, como se as lembranças a assustassem. "Acho que não tenho boas lembranças de lá", disse ela com uma voz quase sussurrada, e, por um breve momento, a imagem da musa perfeita que Antônio tinha construído começou a ruir. Como podia? Aquelas férias tinham sido mágicas – ou pelo menos, assim Antônio se lembrou.

Sentar-se à frente dela tornou-se um exercício de leitura. Estava quase se tornando um detetive das emoções, tentando decifrar os pequenos gestos, as manias, e até mesmo os silêncios que agora tinham um peso incomum. O olhar dela se desviou para o horizonte, e ele notou a tensão em suas mãos, que se entrelaçaram na mesa. Era um sinal evidente de que, por trás daquela face angelical, existiam inseguranças profundas. Uma parte dele queria alcançar essa pessoa tão cheia de nuances, mas outra parte hesitava, temendo descobrir algo que pudesse desmoronar a imagem perfeita que tanto admirava.

"Eu sempre admirei você por ser tão determinada", ele comentou, tentando abrir um caminho para que as vulnerabilidades se tornassem conversa. E então, as palavras começaram a fluir de Patrícia, revelando uma Patrícia que, ao contrário da musa radiante que ele sempre viu, era cercada por inseguranças. "Eu não tenho certeza se estou no caminho certo. Às vezes, sinto que estou apenas enrolando, sabe? Dando um passo para frente, dois para trás." Antônio ficou surpreso. Era como se um canal tivesse sido aberto; ele não esperava essa honestidade.

"Mas você parece tão segura, Patrícia. Você sempre tem um plano," ele retrucou, tentando convencê-la de que talvez a ideia de perfeição estivesse mal interpretada. Porém, ela balançou a cabeça, uma expressão de frustração misturada à tristeza. "É uma pressão, Antônio. As redes sociais, as expectativas... Ninguém vê a batalha interna. Eles só veem a imagem. Ninguém sabe que eu quase desisto todos os dias."

Naquele instante, uma linha tênue se estreitou entre eles, deixando Antônio atordoado. O que antes era um idealizado amoroso agora parecia uma conexão de almas testadas. Ele não sabia se isso era um alívio ou um fardo; talvez, ambos. A confusão de sentimentos pairava no ar, e ele começou a perceber que a sua própria idealização poderia ser uma maneira de se proteger da exposição das próprias fraquezas. Havia uma vulnerabilidade compartilhada, uma dança delicada entre a força e a fragilidade que, de algum modo, os unia, mas que também deixava uma sensação de incerteza, como se suas próprias inseguranças estivessem ecoando de forma incontrolável.

Patrícia olhou nos olhos de Antônio e, por um instante, ele sentiu a tempestade de emoções dentro dela. Era quase reconfortante saber que não estavam sozinhos nessa; ambos estavam lutando, cada um de sua própria maneira. Mas o que isso significava para eles? O que fazer com essa compreensão recém-descoberta? A conexão que um dia pareceu tão simples agora era um emaranhado de inseguranças, e as raízes da saudade começavam a se entrelaçar nas vidas deles. Antônio se viu perdido entre o desejo de confortá-la e o medo de que essa fragilidade poderia, de alguma forma, ameaçar o que eles estavam começando a construir.

Enquanto tomavam um gole de café, em meio a risadas tímidas e olhares que mais pareciam bailar entre eles, a verdade era que aquelas inseguranças não apenas perturbaram a imagem de perfeição que Antônio tinha de Patrícia; elas começaram a tecer um laço mais humano entre eles. E, no fundo, fizeram Antônio entender que talvez a beleza da relação estivesse exatamente nas falhas, nas fragilidades... e na busca incessante por se conhecerem, um dia de cada vez.

A vida de Patrícia sempre pareceu um mosaico deslumbrante aos olhos de Antônio, uma pintura cuidadosamente composta que oferecia àqueles que a admiravam um vislumbre de perfeição. Porém, ao se aproximar dela, ele começou a perceber que o que havia por trás dessa fachada era muito mais complexo. As mensagens de Patrícia, que antes lhe pareciam doces como mel, agora lhe pareciam cortadas por arestas afiadas de ambiguidade. Um dia, enquanto tomavam café em uma daquelas manhãs mornas de Salvador, o ar estava carregado de perguntas não ditas, e ele lutava para entender as nuances de sua expressão. "Por que você nunca fala de sua música?" ele perguntou, lembrando-se de como ela sempre mencionava com paixão suas composições, mas nunca realmente as compartilhava.

Ela olhou pela janela, absorta em seus próprios pensamentos. "Às vezes, sinto que não sou boa o suficiente," respondeu, com uma voz mais baixa do que ele esperava. O coração de Antônio acelerou. A mulher que sempre parecia tão segura estava agora revelando fragilidades. "Mas você é incrível! Você só precisa acreditar nisso." Essas palavras soaram para ele como uma tentativa de acalentar um fogo que ameaçava se apagar. Ele percebeu que o que via era só uma fração do que ela realmente sentia. Uma imagem perfeita, mas borrada por inseguranças invisíveis. Este momento de vulnerabilidade fez suas esperanças se misturarem a um frio na barriga, reforçando que o amor não é apenas sobre admiração — é também sobre aceitar as cicatrizes.

Contudo, essa conexão sentimental estava longe de ser linear. À medida que os dias passavam, as ações dela continuavam a deixá-lo confuso. Enquanto se dedicava a construir cenários em sua mente onde eles eram um casal pleno, as mensagens de Patrícia muitas vezes falhavam em corresponder à intensidade de seus próprios sentimentos. Uma manhã, ele a convidou para um passeio pela orla, mas ela respondeu com um "não sei", seguindo de um emoji enigmático. Isso o deixou desnorteado. "Ela não gosta de mim como eu gosto dela, certo?" Pensou. E aqui começa o ciclo de dor e saudade que se instalou em seu coração. A paixão que ele sentia se transformava em um anseio por mais. Por que não poderia apenas entender os sentimentos dela? A ausência de respostas o deixava inquieto, como uma melodia tocando em um tom errado.

Os encontros começaram a se mixar com silêncios que pareciam intermináveis. Um dia, ele a viu na esquina do seu café favorito, engrossando a multidão de pessoas que passavam, perdido em seus próprios mundos. O sol incidia sobre ela, pregando uma aura quase mágica ao seu redor, mas o sorriso que ele esperava encontrar estava ausente. Ela não o viu e isso o atingiu como um tapa. De repente, a saudade se fez tão presente que ele se lembrou dos dias de verão que passavam juntos na praia, com toda a leveza que esses momentos traziam. "O que foram aqueles dias, afinal?" Ele se questionou em um suspiro, lembrando-se de como tudo parecia mais simples na presença dela.

Os sentimentos de Antônio flutuavam entre a expectativa e a realidade. Uma música que tocava em sua mente tinha o poder de fazer reviver momentos intensos. E mesmo que os sons vibrantes da cidade, com seu cheiro de axé e temperos típicos, o envolvessem, a imagem de Patrícia continuava a ser um eco, uma sombra. Ele queria gritar, mas as palavras não surgiam. A saudade não era apenas pela beleza dos momentos que compartilharam, mas pela busca por um entendimento que parecia sempre à distância.

Patrícia, em sua dança diária de inseguranças e desafios, revelou-se uma figura intrigante, um contraste que levava Antônio a questionar suas percepções sobre o amor. Era um amor que vinha de um lugar idealizado, mas que agora se apresentava com crueza nas interações. O que de fato era amar alguém? Como poderia ele se sentir tão intensamente por alguém que não parecia corresponder ao seu anseio, e ao mesmo tempo, trazia à tona suas vulnerabilidades de uma forma tão profunda? A complexidade dos seus sentimentos não era apenas sobre saudade, mas também uma busca desesperada por um entendimento mais sincero e profundo entre eles. Ele começou a perceber que amar era, de muitas maneiras, um ato de vulnerabilidade — um convite à conexão, mesmo que os caminhos não fossem os que ele havia sonhado.

A saudade se tornou uma companhia constante na vida de Antônio, principalmente em momentos inesperados, em pequenas fragilidades do cotidiano. Lembro de um simples café da manhã, onde um copo de suco de laranja fresco trouxe à mente a imagem de Patrícia. Era como se aquele suco fosse um símbolo de tudo que ele desejava compartilhar com ela, momentos que pareciam deliciosamente próximos, mas que sempre escapavam por entre os dedos. As memórias se entrelaçavam com os aromas que vinham da cozinha, criando um cenário onde a presença dela se tornava palpável, embora distante.

Naquela manhã, os raios de sol, filtrados pelas folhas das árvores na janela, desenhavam um quadro perfeito. Antônio se pegou pensando que, se Patrícia estivesse ali, haveria risadas e conversas que o tornariam ainda mais leve. Mas, em seu mundo real, a mesa estava decorada apenas com sua ausência. Ele tomou um gole do suco, mas o sabor não tinha a mesma intensidade sem ela. A ideia de que poderia haver conversas descontraídas, com brincadeiras e algumas confidências, fez seu coração doer levemente.

Certa vez, uma música tocava ao fundo enquanto ele dirigia pela cidade e, com ela, veio a lembrança de um momento específico. Um pequeno encontro perdido em um bar à beira-mar, onde o vento marítimo dançava com os cabelos de Patrícia. Naquele instante, eles não estavam apenas sentados tomando uma cerveja; compartilhavam histórias, riam das peculiaridades da vida, e ele percebia como ela tinha a habilidade de transformar o simples em algo extraordinário. Porém, tudo aquilo parecia tão distante agora. O som da música saiu do rádio, mas as notas continuavam ecoando em sua mente, criando uma sinfonia de saudade que o banhava em melancolia e esperança ao mesmo tempo.

Salvador, com sua energia vibrante, parecia lamentar a ausência de um amor que ainda não se concretizou. As cores da cidade refletiam os sentimentos distintos que aglutinavam a alma de Antônio. Ele se lembrava de como a energia dos festivais de rua, as risadas alegres que passavam ao seu lado, e o temido mas maravilhoso som de um atabaque, tudo isso o deixava cheio de vida. Mas faltava Patrícia. O que mais o pegava de surpresa era como esse vazio pulsava dentro dele, fazendo-o questionar se realmente conseguiriam se entender. Cada lembrança era um lembrete sutil de que a saudade não era apenas pela presença dela, mas pela profundidade de um entendimento que ele ansiava.

As interações deles tinham sido intercaladas por silêncios que falavam mais do que palavras. Mensagens de texto, que poderiam ser um convite à aproximação, muitas vezes se transformavam em um quebra-cabeça de mal-entendidos. O que ele interpretava como frieza podia, na verdade, ser apenas a correria do dia a dia dela, mas a fé que tinha nessa interpretação frequentemente vacilava. Uma mensagem mais curta ou um tempo sem resposta o deixava angustiado, criando um ciclo vicioso de ansiedade e saudade que não parecia terminar. Essa constante oscilação entre o desejo de compreender e a sensação de distância fazia com que ele se perguntasse o que realmente existia entre eles.

No fundo, a saudade não se restringia apenas à ausência física; era um desejo profundo de conhecer Patrícia além da superficialidade das interações. Era a esperança de que, um dia, eles poderiam se encontrar em um entendimento mútuo, onde a saudade servisse como um alerta gentil — uma lembrança de que a verdadeira conexão exige vulnerabilidade e honestidade. Esses momentos de reflexão se tornaram quase rituais diários. Em cada esquina da cidade, em cada sorriso que testemunhava no rosto das pessoas, Antônio se via alimentando uma chama frágil, mas ardente, de que algo, algum dia, poderia mudar.

A idealização do amor, algo tão comum na vida de Antônio, torna-se uma armadilha intrigante e, ao mesmo tempo, dolorosa. Ele frequentemente se pergunta se é possível realmente amar alguém sem conhecer toda a sua essência. A imagem que ele construiu de Patrícia, com cada detalhe minuciosamente elaborado em sua mente, exala um brilho sedutor, mas ao mesmo tempo uma profundidade que o angustia. O que ele sente por ela é um reflexo mais da sua própria necessidade de se sentir completo do que do que realmente existe entre eles.

A cada interação, sempre que ele vê um sorriso seu ou ouve uma risada ao fundo, uma onda de esperança inunda seu peito. Mas logo se transforma em um mar de dúvidas. Será que aquele sorriso significa a mesma coisa para ela? Ou é apenas uma máscara, uma fachada que Patrícia usa para esconder suas inseguranças? Ele se lembra de uma tarde singela, quando ambos tomaram um café. Naquele momento, entre sorrisos e olhares tímidos, uma conexão parecia possível — mas logo ele percebeu que havia uma distância invisível, um muro construído entre eles que nem mesmo os melhores momentos eram capazes de derrubar.

A saudade, então, transforma-se em um sentimento palpável, quase físico. Antônio se vê em lembranças que ecoam pelo cotidiano, como aquele jantar que não aconteceu ou uma mensagem que ela não respondeu. Ele se perde em pensamentos, questionando o que poderia ter sido se as circunstâncias fossem diferentes. "Por que não conseguimos nos abrir um para o outro de verdade?", essa pergunta reverbera em sua mente e na solidão de suas reflexões.

Enquanto isso, uma música que toca ao fundo parece descrever exatamente o que ele sente. As letras falam de amor e perda, de um eu-lírico que sonha com uma conexão que nunca se concretiza. Ele se pergunta se essa melodia não é, na verdade, uma banda sonora da sua vida, moldando suas memórias e, paradoxalmente, sua saudade. Essa sensação deixa Antônio intrigado, como se cada nota musical estivesse lhe contando uma história que ele ainda não entende totalmente.

E com cada momento de introspecção, um novo questionamento surge: será que a idealização do amor não o afasta do que é essencial? A imagem que ele projeta de Patrícia, não seria uma ilusão que, mesmo sendo bonita, não reflete a complexidade do que significa amar alguém de verdade? Os sentimentos que ele nutre, tantas vezes intensos e cativantes, se transformam em um fardo que pesa em sua alma. Ele percebe que essa paixão pode se tornar uma forma de solidão. Como se amar alguém tão profundamente, sem uma verdadeira profundidade, só amplificasse seu estado de desolação.

Em meio a tudo isso, surge uma epifania: o amor, em sua forma mais pura, deve ser desnudado de expectativas irreais. Antônio começa a se questionar sobre suas próprias motivações e desejos. O que ele realmente quer de Patrícia? A resposta, talvez, não seja tão simples quanto parece. Ele entende, agora, que essa busca constante pela idealização pode obscurecer a verdadeira conexão que tanto almeja. Amar alguém envolve conhecer suas imperfeições, suas fragilidades, e, principalmente, aceitar que nem sempre os sentimentos mudam de forma uniforme.

Então, mais do que saber se Patrícia sente o mesmo, Antônio se vê em um caminho introspectivo, onde o maior desafio é encarar seus próprios receios e vulnerabilidades. Ao ponderar sobre tudo isso, ele percebe que, para construir uma conexão genuína, será necessário abrir mão do que idealizou e aceitar o que realmente existe entre eles. E essa, talvez, seja a maior prova de amor.

Capítulo 7: Momentos de Revelação

Antônio caminhava nervosamente pela rua, um misto de ansiedade e excitação pulsando em seu coração. A luz do fim da tarde filtrava-se por entre as árvores, criando desenhos dançantes no chão. Ele já havia atravessado aquele caminho várias vezes, mas hoje era diferente. Hoje, ele estava a caminho de um momento que poderia mudar tudo. Ele pensava em Patrícia, com seu sorriso cativante e jeito espontâneo, como um raio de sol que aquece o dia. E, ao mesmo tempo que sentia uma calmaria, havia uma tempestade de dúvidas dentro dele.

"E se ela não sentir o mesmo?", a pergunta ressoava em sua mente. Não era apenas uma questão de amor; era sobre se expor e abrir seu coração, como se fosse um livro que alguém pudesse ler sem folhas de proteção. A cada passo, as memórias de risadas compartilhadas, olhares furtivos e aquelas conversas que se estendiam até a madrugada vinham à tona, preenchendo-o de uma esperança quase ingênua. O coração batia acelerado, como se estivesse ensaiando para esse grande momento.

A pequena cafeteria onde combinaram de se encontrar estava decorada com quadros coloridos nas paredes e o cheiro reconfortante do café fresco no ar. Antônio entrou e seu olhar imediatamente encontrou Patrícia, sentada em uma mesa perto de uma janela, com a luz suave iluminando o seu rosto. O mundo ao redor desapareceu. Ele se lembrou de todas as vezes em que sonhou intensamente com aquele momento, mas agora que estava prestes a acontecer, tudo parecia tão assustador e, ao mesmo tempo, emocionante.

Ele sentou-se à sua frente, tentando disfarçar a tremedeira nas mãos. Patrícia o cumprimentou com um sorriso caloroso e, por um instante, tudo pareceu perfeito. "Oi, Antônio! Que bom que você veio," disse ela, sua voz soando como uma melodia familiar. Ele começou a falar sobre coisas triviais — o clima, os planos para o final de semana — mas sua mente estava longe. Ele estava ensaiando mentalmente as palavras que se recusavam a sair. O tempo passava devagar, como se o próprio universo estivesse segurando o fôlego, esperando pela declaração que poderia transformar suas vidas.

Enquanto isso, sua mente se enchia de reflexões. "E se isso não der certo? E se a amizade que construímos ao longo do tempo se desmoronar com uma simples frase?" A pressão aumentava, e ele cutucava nervosamente a mesa com os dedos. O ambiente, que deveria ser acolhedor, agora oprimia. O cheiro de café tinha um gosto amargo, um contraste com a esperança que pulsava dentro dele. Cada gota de coragem que ele tentava reunir parecia escorregar entre seus dedos.

Patrícia, percebendo sua inquietação, inclinou-se e olhou nos olhos dele com uma curiosidade genuína. "O que está acontecendo, Antônio? Você parece distante." E ali estava, a oportunidade. Uma chance de abrir seu coração, mas a insegurança parecia atar sua língua. Ele respirou fundo. Era agora ou nunca. O que ele sentia por Patrícia não podia ser guardado por mais tempo. Ele queria que ela soubesse. Aquela amizade, tão preciosa, precisava evoluir... precisava fazer sentido nos confines do seu peito.

"Patrícia," ele começou, a voz mais baixa do que tinha intenção. "Eu... eu precisei te trazer aqui porque há algo que eu preciso dizer..." A tensão aumentou, cada palavra soando carregada de emoção. "Eu tenho me sentido... diferente. Há um tempo... e eu não consigo mais ignorar isso."

A expectativa pairava no ar, uma eletricidade que quase podia ser tocada. A luz da tarde que entrava pela janela parecia brilhar com mais intensidade, como se o universo estivesse torcendo por ele. O momento se desenrolava, e todas as dúvidas afloravam como um mar revolto, enquanto ele se preparava para finalmente se abrir.

"Eu... eu gosto de você, Patrícia. Muito." As palavras saíram como um suspiro, mas o peso do que significavam era massivo. No seu íntimo, ele desejava que o chão se abrisse sob seus pés, e que o café fumegante em cima da mesa o engolisse. A certeza de que esse ato de coragem não era apenas sobre os sentimentos por ela, mas também sobre a vulnerabilidade que significa amar alguém.

Ele olhou em seus olhos, esperando pela sua reação. O coração acelerava em seu peito como se estivesse batendo em compasso com a expectativa do momento. Será que ele tinha feito a escolha certa? A resposta de Patrícia, a resposta que poderia desvelar um novo capítulo em suas vidas, ainda pairava no ar.

Antônio ficou parado, o mundo ao seu redor parecia ter diminuído, tornando-se uma bolha carregada de expectativa. A resposta de Patrícia reverberava em sua mente como um eco interminável. Se ela dissesse que sentia o mesmo, ele poderia voar. Mas e se o não fosse o que o aguardava? Essa incerteza era como um peso sobre seu peito, tornando a respiração um desafio. Ele olhou para o céu que, ironicamente, começava a escurecer com nuvens pesadas, como se o universo estivesse ciente de seu tumulto interno.

As palavras dela, quando finalmente chegaram, penetraram suas defesas emocionais. Patrícia olhou nos olhos de Antônio, e a intensidade daquele momento carregava uma promessa. "Eu não sei se estou pronta, mas sinto algo por você." Era uma resposta que misturava temor e esperança. Ele sentiu um misto de alívio e um novo tipo de ansiedade, suas pernas pareciam ter se tornado feitas de espuma. O que aquilo significava? Seria suficiente apenas sentir ou quando se trata de amor, é preciso muito mais?

Ele sentiu um calor subir pelo rosto — foi como um milagre. Ela havia se aberto, algo que nunca fora fácil para ele. O que aconteceria agora? Poderia essa revelação mudar tudo? Antônio começou a imaginar como seria uma relação entre eles. Aquela ideia era como um sopro fresco em um dia quente e abafado. A vida de cada um se entrelaçaria? Já tinha pensado em sair do lugar onde estava, em seguir um caminho diferente. Mas essa ideia de amor trazia à tona novas perspectivas, um mundo onde a vulnerabilidade poderia ser uma força, não uma fraqueza.

As horas passaram sentindo a leveza da chuva que começou a cair, enquanto o cheiro de terra molhada preenchia o ar. Essa experiência era inesperada e intensa. Ele nunca tinha se permitido sonhar com isso, mas agora, à medida que novas possibilidades brotavam em sua mente, ele começou a ter esperança. O medo da rejeição, que antes corroía seus pensamentos, começou a se diluir na sensação de realização de ter sido honesto. A velha história de que a comunicação é a chave entrava na sua mente como um mantra reconfortante. Fernando, um amigo próximo, sempre dizia que o que mais machuca é a falta de coragem de se abrir.

Olhou para Patrícia, que parecia tão curiosa, tão envolvida no momento. Ele poderia perceber que a vida dela também mudaria a partir daquele instante. As relações têm essa magia — podem ser catalisadoras de transformações, e sua nova conexão estava prestes a redefinir o que ambos acreditavam ser possível. Mas, ao mesmo tempo, a fragilidade da situação era palpável; essa mudança trazia consigo um peso enorme de expectativas. E as perguntas voltaram, como um sussurro insistente. O que eles realmente queriam um do outro? E se Patrícia tivesse uma visão diferente sobre amor e compromisso?

Antônio estava ciente de que, independentemente da resposta, sua vida nunca seria a mesma. A intensidade do momento o ensinava a valorizar não apenas o que sentia, mas também o que poderia surgir de tudo aquilo. Ele não soube se na escalada daquela montanha emocional ele estava pronto para qualquer resultado. O que se passava em sua mente agora era uma reflexão profunda sobre o que significa amar alguém — não apenas desejar que a relação acontecesse, mas entender que isso exigiria cuidado, respeito e, acima de tudo, honestidade.

A chuva caía mais forte, trazendo sons suaves que dançavam ao redor deles, enquanto Antônio permitia que a realidade se despregasse da idealização. O que quer que acontecesse, ele já tinha dado um passo importante. Essa ação poderia moldar a forma como sustentaria seus sonhos, levando-o a explorar se esse amor poderia ser uma fundação sólida para novas aspirações, tanto pessoais quanto profissionais. Era um momento repleto de possibilidades intrigantes.

Com a mente borbulhando: ele imaginava como a presença de Patrícia influenciaria não apenas suas conversas, mas a forma como ele se posicionava na vida. Amar alguém poderia abrir portas, ser um impulso para se conectar mais profundamente com seus amigos e aumentar sua influência política, pois as ligações emocionais raramente são isoladas. A percepção de um novo ciclo começava a se formar, como se o próprio universo estivesse o pressionando a avançar, a entender que tudo o que ele vivenciava refletia as escolhas que faria a seguir.

Antônio sabia que, independentemente do que Patrícia sentia, estava na hora de descobrir se esses novos laços poderiam construir um caminho em direção a um futuro que ele não havia sonhado antes. A vida era uma colcha de retalhos, e cada experiência nova poderia ser um pedaço valioso. Mergulhar no desconhecido poderia resultar em um novelo de amor e desafios, como ele estava cada vez mais preparado para enfrentar.

Após a revelação dos sentimentos, Antônio percebeu que sua vida social passava por uma metamorfose sutil, mas intensa. O que antes parecia claro e rotineiro agora estava tingido de nuances e reflexões que se entrelaçavam em cada interação. Ele começou a notar um olhar diferente de seus amigos e familiares. O que as pessoas achavam dele agora? Era uma pergunta que o acompanhava constantemente, como uma sombra que se mantinha próxima, mas que também provocava um impulso de curiosidade.

Nas conversas, as menções a Patrícia eram inevitáveis. Reconhecer essa nova dinâmica era como entrar em um local desconhecido; o familiar cedia lugar a um campo repleto de novas possibilidades. Era impressionante como simples comentários poderiam fazer seu coração acelerar. "Ah, Antônio, e a Patrícia? Estão juntos agora?" Uma pergunta que levava consigo um tom de expectativa e esperança. Em outros momentos, a indiferença poderia parecer um golpe, fazendo com que ele refletisse sobre a fragilidade dos relacionamentos que antes julgava sólidos.

Um dia, ao almoçar com um grupo de amigos, ele se pegou ouvindo atentamente uma conversa que tinha menos a ver com o que se falava e mais sobre o que se escondia nas entrelinhas. Os sorrisos e olhares cúmplices entre eles revelavam as dinâmicas sutis que moldavam suas interações. Era quase como se houvesse um novo jogo acontecendo, onde a presença de Patrícia acrescentava uma dimensão extra às conversas.

A maneira como seus amigos falavam sobre amor e relacionamentos também mudou. O que antes eram piadas sobre a solidão agora se tornavam discussões mais profundas sobre vulnerabilidade e conexão. Antônio percebeu que, em meio a essas dinâmicas, começava a se sentir parte de algo maior. Assim como um pintor que se atreve a usar novas cores em sua paleta, ele sentia a vida se expandindo à sua volta, adicionando profundidade a cada aspecto de sua existência.

E não era somente com os amigos que isso acontecia. Na família, a conversa sobre compromissos e planos para o futuro ecoava de forma diferente. Sua mãe frequentemente lhe perguntava sobre Patrícia, com um brilho nos olhos que reconfortava. Esses pequenos momentos, aparentemente simples, eram como pequenos milagres traçados na rotina. Eles despertavam em Antônio um senso de pertencimento e o empurravam a refletir sobre o que realmente significava estar em um relacionamento.

Havia uma dualidade nessa nova realidade. Por um lado, a empolgação das novidades abria portas para sonhos e esperanças. Ao mesmo tempo, Antônio sentia um certo receio. Como essa nova relação com Patrícia se encaixaria nas suas aspirações? A política, seu grande sonho, parecia ser uma montanha-russa de desafios e incertezas, e agora ele sabia que não poderia mais ignorar os sentimentos que nasciam em seu coração. Essa nova dinâmica demandava uma reavaliação de prioridades.

Um cálculo emocional, quase meticuloso, começava a tomar forma. Cada passo que ele dava com Patrícia refletia de alguma forma nos seus projetos políticos e em suas interações profissionais.

Era surreal notar que uma revelação tão intensa poderia reverberar em tantas áreas da vida. A insegurança enfrentada na declaração de amor se transformava, agora, em uma nova força, uma energia renovada para encarar os desafios que o esperavam.

Por tudo isso, o impacto dessa revelação não era apenas sobre amor, mas sobre a totalidade do ser. O que antes era um simples sentimento agora estendia-se para abalar e transformar suas interações, fazendo com que Antônio tivesse que se desdobrar entre o homem amoroso e o político em ascensão. No fundo, ele começou a entender que relacionamentos são um reflexo de nós mesmos. Cada conexão moldava sua imagem e, por consequência, sua trajetória, revelando um mundo novo cheio de intersecções inesperadas e surpreendentes.

Na manhã seguinte, enquanto tomava seu café olhando pela janela, a luz do sol filtrava-se através das folhas das árvores, trazendo consigo um sopro de renovação. Ele sorriu ao lembrar das conversas, das risadas e das novas possibilidades em sua vida. Esse simples ato de contemplação o fazia entender que, assim como a luz que invadia seu espaço, seus sentimentos eram parte integrante do que o fazia vibrar. Ele sabia que a caminhada ao lado de Patrícia, independentemente do que o futuro reservasse, tinha potencial para moldar um novo capítulo não apenas em sua vida pessoal, mas também em sua trajetória profissional. A pergunta já não era mais se o amor poderia coexistir com seus sonhos; agora, a verdadeira questão era como ambos poderiam se entrelaçar em algo ainda mais rico e profundo.

A verdade é que, ao decidir abrir seu coração, Antônio mergulhou em um universo de possibilidades que até então lhe pareciam distantes e nebulosas. O peso da revelação agora se transformava em uma nova esperança, quase palpável, que pairava no ar, como a fragrância do café recém-passado que invadia a sua pequena cozinha em manhãs frias. Ele imaginava as portas que poderiam se abrir, os sonhos que ganhariam novas cores e formas a partir do momento em que deixou suas emoções à mostra. Poderia essa declaração ser um marco, um divisor de águas em sua própria narrativa?

Era curioso pensar nos caminhos que se desenhavam diante dele. Se deixasse aquele amor florescer, como seria sua rotina? Antônio sabia que a vida não era um conto de fadas, mas também acreditava em respiros de alegria que surgiam nos momentos mais inesperados. "Quem diria que eu teria a coragem de falar com Patrícia?" pensou, enquanto se pegava sonhando acordado, relembrando fragmentos da conversa que havia tido com ela, o seu sorriso doce, e o jeito de seus olhos brilharem quando falavam sobre suas paixões. Cada memória era um degrau subindo em direção àquilo que agora desejava.

Contudo, à medida que a euforia se instalava, uma sombra de incerteza se arrastava. "E se tudo isso não for real? E se eu estiver me enganando?" Às vezes, as dúvidas apareciam como um nosso velho amigo, não muito bem-vindo, mas sempre pronto para nos lembrar das fraquezas e dos limites. Ele se permitiu questionar por que se sentia otimista. Era realmente amor ou apenas um capricho passageiro? Isso o fazia rir consigo mesmo, sua sinceridade, ao questionar a profundidade de seus sentimentos. "Aqui estou eu, só um homem, com sentimentos confusos de amor e medo, ambos tentando dirigir essa carroça chamada vida." Sim, a vida tinha um jeito hilário de nos colocar em situações desconcertantes.

Além disso, Antônio percebeu que sua transformação não aconteceria apenas no campo do afeto. Não era apenas sobre ele e Patrícia, mas o que esse relacionamento poderia implicar nas suas ambições, especialmente na carreira política. Ele se viu refletindo sobre como a conexão com ela poderia ressoar em suas interações, suas decisões e, quem sabe, até em sua plataforma política. Um amor genuíno poderia contribuir para uma abordagem mais autêntica nas questões que desejava lutar. O que ele poderia transmitir aos outros ao compartilhar essa nova fase da sua vida?

As conversas com os amigos começaram a ter um novo tom; aquela energia contagiante fez Antônio experimentar momentos leves, em meio às discussões sérias sobre política e mudanças sociais. Ele se lembrava de uma noite, em um bar, onde um amigo, empolgado, disparou: "Você está diferente! Tem até um brilho!" E Antônio se surpreendeu ao perceber que aquele brilho advinha não apenas do que sentia por Patrícia, mas pela certeza de que a vida, em sua perplexidade, também era repleta de surpresas.

Ele tomou um gole da sua cerveja e observou no fundo do copo um reflexo de seus próprios pensamentos, até então escondidos. O que realmente significava essa nova fase? Será que se tratava de um amor idealizado, como um filme romântico? Ou havia algo mais autêntico? Em meio a incertezas, ele se sentia mais forte, mesmo que também vulnerável, como uma árvore que, apesar dos ventos fortes, se mantém firme por suas raízes profundas.

Mas o que mais intrigava e fascinava Antônio era como essa nova realidade poderia moldar o futuro. Ele não sabia ao certo onde tudo isso o levaria, mas uma coisa era clara: havia um novo mapinha se formando em sua mente sobre o que significava amar alguém profundamente. E, como a luz do fim da tarde que filtrava pelas janelas, essa reflexão trazia uma dose renovada de esperança. Alguma coisa estava prestes a acontecer, algo que poderia conectar seus sonhos às suas novas experiências. Será que ele conseguiria navegar por essas águas traiçoeiras, onde amor e ambições se cruzavam?

E assim, enquanto gastava horas em pensamentos, o universo lhe apresentava questões fundamentais: O que é amar de verdade, de forma honesta? Até onde você vai por amor? Ele suspirou ao perceber que as respostas nem sempre chegaram como um milagre, e que muitas vezes eram construídas através de experiências, trocas e, principalmente, da vulnerabilidade que agora abraçava com leveza. Aquela mistura de sentimentos o deixou em um estado zeloso de expectativa – o futuro, mesmo que incerto, parecia mais iluminado. E, nesse horizonte, um novo Antônio se formava, pronto para seguir em frente.

Capítulo 8: Entre a Realidade e os Sonhos

Antônio nunca havia imaginado que olhar para um pôr do sol à beira-mar em Salvador pudesse provocar tamanha transformação interna. À medida que as cores quentes do céu se espalhavam como uma pintura vibrante, ele sentia seu coração despertar com a ideia de um futuro ao lado de Patrícia. A brisa suave trazia consigo não apenas o cheiro salgado do mar, mas um toque de esperança, aquecendo seu peito de uma forma tão intensa que quase parecia um milagre.

Ele recordava momentos em que a presença dela iluminava o que antes era apenas uma rotina monótona. Era como se cada risada compartilhada ou olhar furtivo construíssem, tijolo por tijolo, um castelo em sua imaginação. Pensava em como seria construir uma vida juntos. Ah, as viagens que ele sonhava, explorar novos lugares com ela ao seu lado, criando memórias que certamente seriam eternas. Sentia-se transportado para jantares à luz de velas em restaurantes pequenos e charmosos, onde a conversa fluía como o vinho que alegrava a mesa: um diálogo que flertava com a intimidade, repleto de segredos e risos.

"O que significaria para mim tudo isso?" Antônio se questionava. Para além da paixão, ele se via atrelado a suas aspirações políticas, um jovem que batalhava por mudanças em sua comunidade. E ali, sob aquele céu magnífico, uma dúvida lhe atravessava: até que ponto os seus sonhos de amor poderiam coexistir com suas ambições de fazer a diferença? Ele imaginava o rosto de Patrícia refletindo alegria e satisfação, mas se perguntava se essa felicidade compatível não poderia ser um fardo. O que aconteceria se o amor, tão idealizado em sua mente, não se traduzisse em algo palpável e, de fato, real?

Naqueles instantes de devaneio, ele se permitia criar diálogos que nunca aconteceram. "Patrícia, o que você deseja para nós?", ressoava em sua mente. Uma voz suave e confiável que ele queria ouvir. Mas ao mesmo tempo, uma sombra aparecia: "E se isso for apenas um sonho? O que realmente quero para mim e para Patrícia?" Essas perguntas se acumulavam como nuvens carregadas, trazendo um misto de ansiedade e expectativa.

Antônio sentia que a força do amor idealizado era poderosa, quase avassaladora. Ele se via em um ciclo de idealizações, cada uma mais encantadora e, paradoxalmente, mais frágil que a anterior. A chave para entender esse labirinto emocional estava em aceitar que, conforme idealizava, também se sabia exposto a frustrações. Era um jogo arriscado entre a realidade e as fantasias, onde a vulnerabilidade se tornava sua única verdadeira aliada. A construção de um relacionamento honesto com Patrícia começava a parecer não apenas um desejo pessoal, mas um chamado de sua essência.

Em meio a essa introspecção, Antônio se questionava: as idealizações poderiam moldar seus sonhos, mas ele estava preparado para a responsabilidade que parecia vir com amor de verdade? Cada ideia, cada imagem daqueles momentos que viravam sua mente parecia desafiá-lo a superar suas próprias inseguranças. As expectativas eram como um labirinto, e ele, um viajante perdido, em busca do caminho que levasse ao que realmente desejava.

Assim, sentado à beira do mar, com o pôr do sol refletindo sua reverberante transformação, Antônio percebeu que estava em uma fase crucial: flertando com a possibilidade de um amor real e, ao mesmo tempo, reaprendendo a amar a si mesmo. Essa nova fase se revelava um convite não apenas para sonhar, mas para agir. Ele compreendeu que, ao final, construir uma relação autêntica era um ato meticuloso, um projeto que exigiria mais do que intenções – exigiria autenticidade.

Antônio se viu em um turbilhão de emoções ao refletir sobre o impacto potencial de um relacionamento real em sua vida. Algo tão simples, e ao mesmo tempo tão complexo. Enquanto caminhava pela orla de Salvador, observando as ondas dançando à luz do sol, ele não pôde deixar de pensar nas expectativas que o cercavam. A imagem de um jovem político, admirado por muitos, cultivava uma pressão silenciosa que pulsava dentro dele. O que significava ser amado logo ali, em meio aos olhares curiosos da sociedade? E mais importante, como ele poderia ser verdadeiro consigo mesmo nessa equação?

Esse turbilhão de pensamentos trouxe à mente memórias da infância, momentos ao lado de amigos onde o conceito de amor era mais uma promessa do que uma realidade. Ele recordava risadas espontâneas durante as festas de São João, quando as conversas giravam em torno de quem teria coragem de abordar alguém interessante. E como era fácil naquela época ver tudo como um conto de fadas, sem pensar nas complicações que a vida adulta traz.

Mas agora, diante da possibilidade de um sentimento real por Patrícia, ele se confrontava com o dilema da idealização. De repente, aquele amor sonhado se entrelaçava de maneira inesperada com a sua identidade pública, obrigando-o a questionar se estaria disposto a abrir mão de um ideal em troca de algo autêntico e imensurável. O peso de ser um político, a expectativa de ser visto como um exemplo a ser seguido, contrastava com o desejo de viver um amor verdadeiro – um desejo que pulsava em seu peito e que ao mesmo tempo o aterrorizava.

Naquele momento à beira-mar, Antônio viu um casal se abraçando, rindo sob a brisa noturna. Ele sentiu um misto de alegria e tristeza. Era uma imagem linda, cativante, mas, ao mesmo tempo, um lembrete amargo de sua própria solidão em meio a tantas interações que pareciam superficiais. Como seria ser abraçado assim por Patrícia? A sensação de se entregar a esse amor e, ao mesmo tempo, a avassaladora ideia de falhar. O que aconteceria ao seu coração se isso não funcionasse? Essa incerteza atravessava sua mente como ondas quebrando contra as pedras.

A epifania chegou como um sopro de ar fresco. Se ele quisesse realmente experimentar o que poderia surgir entre ele e Patrícia, precisaria se despir de preconceitos e da imagem que os outros tinham dele. O amor autêntico, se assim poderia ser chamado, não se molda a convenções sociais. Era preciso se permitir ser vulnerável, mesmo que isso significasse entrar em um território repleto de incertezas.

Os questionamentos começaram a girar em sua mente: E se ele falhasse ao tentar ser o que todos esperavam? E se, ao buscar o amor real, a sociedade o desaprovasse? Mas, e se, no fundo, essa fosse a única maneira de verdadeiramente se descobrir – de encontrar um propósito que fosse além do título que ostentava? Tomado por essas reflexões, Antônio percebia que havia um universo inteiro de sentimentos por explorar, um espaço em que o vulnerável e o forte poderiam coexistir.

Com cada passo que dava, sentia uma mistura de medo e empolgação. E se amar Patrícia significasse abrir-se para um novo capítulo, um que não fosse baseado em promessas vazias, mas sim na honestidade brutal do que se esperava um do outro? Ele sentia que essa jornada não seria fácil, mas, ao mesmo tempo, era certeza de que nada na vida que valesse a pena realmente surgiu sem abrir mão de algo.

E, a cada onda que se quebrava na areia, Antônio compreendia que poderia estar diante de uma escolha transformadora, uma via que, embora recheada de incertezas, poderia levar a um amor que, acima de tudo, o tornaria mais inteiro, mais autêntico. Assim, ele se perguntava se estava preparado para esse amor. Preparado para deixar de lado as expectativas que o pesavam e abraçar a vulnerabilidade que o tornaria humano, verdadeiro. Afinal, no fundo, havia algo nobre, quase um milagre, em se permitir sentir tudo isso.

Antônio começou a imaginar como seria a dinâmica de um relacionamento verdadeiro com Patrícia. O que inicialmente era uma doce idealização começou a tomar forma em sua mente. Ele se pegou, certa tarde, observando a luz suave do sol se refletindo sobre o mar em Salvador, pensando nas conversas que poderiam ter embaixo da sombra de uma mangueira, falando sobre sonhos e medos, rindo de piadas internas que só eles entenderiam. Esse devaneio o envolveu de maneira intrigante. Poderia ser algo tão simples e delicioso como compartilhar um café da manhã num café à beira da praia, e Antônio mal conseguia conter o sorriso ao visualizar os dois, sentindo a brisa suave enquanto olhavam as ondas quebrando.

Nesse momento, ele se questionou se a vida real poderia se aproximar tanto das fantasias que criava. Como seria ter Patrícia ao seu lado em momentos cotidianos? Essa era a parte hilária e, ao mesmo tempo, assustadora. Ele se viu pensando em como seria a primeira vez que iriam se encontrar ao amanhecer, tudo tão fresco e novo. Poderia haver a tensão inicial, o medo de que as expectativas não se correspondessem à realidade. Mas, ao mesmo tempo, havia a expectativa de um sorriso genuíno, um abraço apertado e o alinhamento perfeito de seus mundos tão distintos.

Contudo, outras vozes criavam dúvidas em sua mente. Era como se ele estivesse num duelo interno, confrontando a ideia de que um amor autêntico exigia mais do que apenas risos e momentos memoráveis. O peso das responsabilidades que sentia como jovem político pesava. Em algum lugar, a conscientização de que seu relacionamento com Patrícia não poderia ser um escape dos seus compromissos sociais e políticos se fez presente. O medo de que um relacionamento verdadeiro interferisse em suas aspirações incomodava. Ele poderia perder sua essência ao se comprometer? Por um lado, sonhar com Patrícia era reconfortante e libertador; por outro, era também um abismo repleto de incertezas.

A imagem de um casal feliz na praia que observou um dia voltou à sua mente, e o que antes lhe trazia alegria, agora o fazia sentir uma pontada de tristeza. Eles estavam tão à vontade, tão conectados. E Antônio se deu conta de que essa conexão era o que ele mais desejava — não só com Patrícia, mas consigo mesmo. Havia um anseio por uma autenticidade que ainda não tinha explorado plenamente.

Refletindo, lembrou-se de momentos da infância, aquelas tardes despreocupadas com amigos em que o amor não era uma preocupação. Não havia complexidades, apenas as promessas de um futuro brilhante moldadas por sonhos compartilhados. Agora, como adulto, a realidade do amor parecia repleta de camadas, e ele se viu emaranhado nessa teia de expectativas. Amor real exigia vulnerabilidade, e isso trazia um medo imenso. Ele queria ser amado, mas havia a necessidade pungente de se conhecer em profundidade, de não se perder na construção da identidade do relacionamento.

Esposando na certeza de que enfrentar esses medos é um sinal de coragem, Antônio decidiu dar esse primeiro passo. Em seus pensamentos, imaginou as conversas que gostaria de ter com Patrícia. Palavras fluindo com sinceridade, diários compartilhados, desabafos na varanda ao amanhecer, onde cada um contaria seus sonhos em meio a risos e olhares cúmplices. Aquela simplicidade encantadora se tornava sedutora na mente de Antônio. Cada risada poderia ser um fio que tece os laços entre eles, tornando cada momento compartilhado um patrimônio inestimável no construído a dois.

Aos poucos, sua mente encontrou conforto nessa possibilidade. O peso que antes o exercia em relação ao futuro começou a se dissipar. O ideal do amor perfeito foi se transformando, evoluindo para algo mais acessível. Ele se permitiu acreditar que poderia construir uma relação onde ambos teriam espaço para crescer, onde discussões sobre o futuro poderiam coexistir com momentos de leveza e intensidade.

É nesse balanço entre idealizações e realidades que a jornada de Antônio com Patrícia poderia encontrar seu espaço. Era uma belíssima trajetória de autoconhecimento e descoberta do amor, onde a vulnerabilidade se tornava um companheiro essencial. E, enquanto imaginava tudo isso, Antônio sentiu uma onda de esperança repleta de possibilidades surgir em seu coração, despertando a certeza de que, ao lançar-se nas profundezas desse amor que parecia encantado, ele poderia encontrar não apenas Patrícia, mas também a melhor versão de si mesmo.

A complexidade do que significa amar alguém de verdade tomou conta dos pensamentos de Antônio. Ele se sentou na varanda de seu apartamento, o cheiro do café fresco misturando-se ao ar morno da manhã. O aroma carregava consigo memórias de encontros passados, momentos com amigos e risadas que ainda ecoavam em sua mente. Este lugar, onde tantas reflexões tinham florescido, agora se tornava um palco para a luta interna que enfrentava.

Ele olhou para as ruas de Salvador, vibrantes e cheias de vida, e sentiu uma pontada de confusão ao pensar em como um relacionamento poderia mudar tudo — não apenas em termos de afeto, mas também de identidade. O amor é um ato de coragem, um salto no desconhecido. Como poderia ele se abrir para Patrícia sem se perder no caminho? A ideia de se comprometer significava deixar de lado parte de suas ambições, suas aspirações políticas. Afinal, o que poderia um amor sincero representar em sua caminhada? Seria um apoio ou uma âncora?

Ouvindo as vozes dos vendedores ambulantes, Antônio se lembrou das histórias que ouvia sobre como o amor podia ser desafiador. Tinha amigos que o haviam vivido intensamente, tanto a alegria quanto a dor. E agora ele se via em um dilema semelhante. Entre a expectativa de um amor idealizado e a realidade crua da vida a dois, havia um espaço onde o medo habitava e se expandia. Ele questionava a si mesmo: "É possível amar alguém e, ao mesmo tempo, manter a essência do que sou?" Essa dúvida era palpável, quase como um peso em seu peito.

Um casal passou pela calçada em direção à praia, rindo e segurando as mãos. Era uma cena comum, mas para Antônio, naquele momento, parecia uma lembrança de tudo que desejava e temia. Aquela felicidade exuberante também trazia a sombra de sua própria solidão. Ele não queria apenas um amor que ficasse restrito às idealizações. O que buscava era algo mais profundo, autêntico e sincero, mas a vulnerabilidade que isso exigiria o assustava. A pensar na possibilidade de ser rejeitado por abrir seu coração, ele parou e observou o céu, que começava a se tingir de azul. Era um milagre diário, e ainda assim, parecia distante.

Enquanto isso, os diálogos imaginários com Patrícia davam voltas em sua cabeça. Ele criou conversas que nunca aconteceram, imaginou risadas leves compartilhadas, enquanto ao mesmo tempo os medos se entrelaçavam. E se a conexão que tanto almejava fosse ofuscada pela realidade de suas vidas? A ideia de um amor que não se encaixasse em suas aspirações sociais o deixava inquieto. Uma voz em sua mente dizia que ele precisava escolher entre ser um político admirável e um amante apaixonado. Mas ele desejava mais. Queria ser tudo isso ao mesmo tempo.

Hoje, ele ponderava sobre o que realmente significaria abrir-se para Patrícia. O amor não estava isento de obrigações e desafios. Era estranho pensar que se permitir sentir profundamente poderia ser mais libertador do que aprisionador, mas o medo da mudança, da entrega, o aterrorizava. Sentia-se como um equilibrista na corda bamba, onde cada passo em direção a ela poderia significar uma nova etapa de sua vida, que ele não estava tão certo de estar pronto para enfrentar.

Os dilemas se tornavam intensos. Ele sentia a necessidade de arriscar, mesmo com a incerteza borbulhando na superfície. O compromisso poderia ser um caminho que restabelecesse não apenas o amor em sua vida, mas também uma nova visão de si mesmo. Afinal, a pergunta não era apenas o que Patrícia poderia trazer a ele, mas o que um amor verdadeiro poderia despertar. Ele queria encontrar sua voz sem perder a essência.

A café esquentava na xícara e o sol começava a brilhar mais intensamente. Ele olhou para a luz que filtrava as folhas e teve um vislumbre do que poderia ser sua vida. Um amor que não se limitasse ao superficial. Um amor que o transformasse como humano, que o colocasse em sintonia consigo mesmo e com suas verdades. Ele sabia que nem todos os sonhos se realizam. Mas e se esse amor, apesar de seus receios, se tornasse uma realidade pulsante? Esse pensamento fez seu coração acelerar e, pela primeira vez, ele percebeu que poderia ser capaz de dar aquele passo, desafiando o abismo do desconhecido.

A esperança crescia, leve e intensa, como as ondas do mar, qual eco do que poderia vir. E, ao deixar seus pensamentos se aquietarem, ele decidiu que precisaria estar disposto a descobrir o amor através da realidade, dissolvendo as barreiras que ele mesmo criara. O desejo de amar – de verdade – se tornava um convite. E, enquanto deixava essa ideia reverberar em seu ser, também deixou espaço para a pergunta: e se, de repente, tudo isso se tornasse real? Essa incerteza que um dia o aprisionou agora se transformava na chance de um novo começo.

Capítulo 9: Conflitos Internos

Antônio olhava pela janela do seu pequeno apartamento, observando a cidade de Salvador se movimentar em um ritmo frenético, como se cada pessoa estivesse em uma dança ensaiada, enquanto ele se sentia fora de sintonia. A luz do sol filtrava-se pelas folhas das árvores, criando um padrão de sombras que lembrava as incertezas que pulsavam em seu interior. Ele estava imerso em seus pensamentos, cercado por um silêncio opressivo que o lembrava da sua solidão. O que parecia ser um dia comum se transformou em um turbilhão de dúvidas e questionamentos, quase como um quebra-cabeça que lhe faltava peças essenciais.

O coração de Antônio disparou enquanto se perguntava se a idealização que tinha de Patrícia era apenas uma fuga de sua realidade. Ele pensava nela incessantemente, como um artista que observa uma obra-prima, admirando cada detalhe, mas incapaz de realmente compreendê-la. Aquela imagem velada de perfeição começava a se desintegrar, revelando fissuras que ele hesitava em enxergar. O que ele desejava era uma conexão genuína, um vínculo que transcendesse a superficialidade. No entanto, frequentemente se via lutando para entender se o amor que sentia era por ela, ou por uma construção glorificada que ele mesmo havia moldado.

As conversas com seus amigos se tornaram uma fonte de insegurança. Em meio a risadas e histórias, Antônio não conseguia evitar os sussurros de sua mente, que insistiam em dizer que ele nunca seria bom o bastante. "Você precisa apenas ser você mesmo," um deles disse, mas o que isso realmente significava? Ser ele mesmo significava estar à altura do que Patrícia esperava? Essa pressão incessante de ser alguém que nem sempre se via refletido no espelho o deixava angustiado. Ele se lembrava de momentos simples que compartilhara com ela, gargalhadas e olhares cúmplices que pareciam ecoar em sua mente, mas agora se tornavam meras recordações, como uma canção que, ao ser tocada, faz desabar todas as emoções guardadas.

Às vezes, quando a noite se punha e a cidade se acalmava, Antônio sentia o peso do silêncio se aproximar. Era como se ele estivesse cercado por ecos de suas próprias inseguranças. A sensação de estar perdido entre o que desejava ser e o que realmente era o consumia. Ele se perguntava se, na busca por se aproximar de quem Patrícia queria, havia perdido a essência do que o tornava único. As paredes do apartamento pareciam sussurrar suas frustrações, as teias de aranha nos cantos eram testemunhas silenciosas de suas noites em claro, pensando no que poderia fazer para agradá-la.

Olhando para as fotografias penduradas na parede, contendo lembranças de um passado que agora parecia distante, Antônio se lembrou de como suas experiências familiares moldaram sua visão sobre amor e relacionamentos. As discussões entre seus pais, as promessas não cumpridas, tudo isso pintou uma tela em sua mente que interferia no amor que desejava construir. E o que, nos momentos de vulnerabilidade, sempre o deixava pensando: ele queria superar esses padrões, mas como? Como podia amar verdadeiramente se nem mesmo conseguia se aceitar? Isso parecia um paradoxo desesperador.

E assim, a angústia de se sentir distinto da imagem que construíra de si mesmo e a sombra de suas expectativas em relação a Patrícia se tornaram uma luta interna. Ele ansiava por conexão, mas sentia como se o seu próprio ego fosse um muro intransponível, separando-o da vulnerabilidade que o amor exigia. E em meio a essa crise, Antônio percebeu que precisava lidar com os fantasmas que o assombravam antes de qualquer conexão verdadeira. Afinal, a jornada para descobrir quem realmente era não se limitava a ser o que o outro esperava. Essa era uma batalha interna que exigiria coragem, e ele estava apenas começando a acordar para a verdade de sua própria existência.

Antônio se via diante de um abismo, um espaço vasto entre quem ele desejava ser e quem realmente era. Cada vez que pensava em Patrícia, sua mente ficava repleta de imagens idealizadas, como uma tela em branco que ele coloria com os mais intensos tons do amor. Mas, ao encarar essa tela, percebeu que a pintura não refletia a realidade. Em conversas com amigos, ensaios de desabafos que não chegavam a ser, a dúvida pairava como uma sombra: "Estou me iludindo?" Uma insegurança sutil, mas profunda, parecia se entranhar em todos os ângulos da sua vida. Ao olhar para as fotos no celular, ele notava que mesmo os sorrisos mais sinceros não eram suficientes para reverter esse conflito interno. Ele desejava muito mais do que uma simples conexão. Ele buscava um sentido.

A autoimagem se tornava cada vez mais nebulosa. "Quem sou eu de verdade?" era uma pergunta que ecoava em sua mente em momentos de silêncio conturbado. O peso do silêncio era quase uma experiência sensorial. Ele se lembrava de momentos simples com a família, as tardes de domingo em que riam juntos. Olhando para trás, as memórias da infância se desdobravam como um filme, cheio de cenas de carinho e, ao mesmo tempo, de frustração. O pai, um homem cheio de certezas, sempre lhe dizia que amor era algo que se conquistava. Mas, agora, Antônio se perguntava: "O que significa conquistar um amor?" Ele não conseguia desenhar um caminho claro. O que o levava a essas incertezas? Um jogo de espelhos onde todos os reflexos levavam a direções opostas.

À medida que a confusão aumentava, suas lembranças se tornavam um turbilhão de emoções conflitantes. Ele se recordava das vezes em que, em casa, ouvia a mãe falar sobre amor e relacionamentos com um brilho nos olhos, mas, ao mesmo tempo, ela também expressava sua própria dor. "A vida é feita de escolhas e sacrifícios", ela dizia, como uma trilha sonora de sua infância. Utilizando essas memórias, Antônio tentava encontrar clareza em seu labirinto emocional, mas se sentia mais perdido do que nunca. Sentia-se prisioneiro de um padrão familiar que o empurrava para a autoanálise e, para a sua surpresa, questionava as verdades que sempre aceita como certas.

Ele percebia que a idealização de Patrícia era um reflexo de suas inseguranças. Mencionava, em conversas - talvez em um súbito momento de honestidade - que sentia como se estivesse tentando construir um amor baseado em uma versão dela que existia apenas na sua cabeça. O modo como ela sorria, a maneira como seu riso preenchia o ambiente. Cada característica dela estava embutida em um conceito ideal, um amor que poderia ser tudo o que ele almejava. Mas, e se essa versão dela não existisse de fato? E se Patrícia fosse muito mais do que suas projeções? Essa tensão interna começou a se transformar em uma pressão insuportável. Ao se questionar mais profundamente, a verdade que ele falava para si mesmo parecia um lamento: "Eu não sei se ela corresponde às minhas expectativas".

Antônio explorava essa identidade fragmentada com uma intensidade quase palpável. E o que fazer com todo esse tumulto? Às vezes, sentava-se à beira de um lago, sentindo a brisa gelada no rosto, observando o reflexo da água, que espelhava a confusão em que estava imerso. Ele entendia, em um instante de lucidez, que carregar um amor idealizado era, de certo modo, um fardo. Cada vez que se deixava levar por essa maré de expectativas, a distância entre os dois aumentava. Ele se perguntava se realmente era capaz de amar alguém que não existia além de sua imaginação. Esse dilema lançava dúvidas sobre seu valor, o que ele acreditava merecer e, mais importante ainda, se a construção do amor idealizado o impedia de amar de verdade.

Nem mesmo a beleza caótica de Salvador, com suas cores e sons envolventes, trouxe consolo. Ele passava pelas ruas, absorvendo a vibrante cultura, desfrutando de cada café e música que ecoava ao seu redor, mas nada parecia se encaixar. As injustiças sociais gritavam ao redor, e a vida pulsava de maneira intensa, mas ainda havia um vazio presente em seu coração. Ele lutava para se manter com os pés no chão enquanto sua mente viajava em direções inesperadas. A confusão se intensificava em seu interior, e ele se sentia uma sombra vagando entre o amor ideal e a realidade crua.

E assim, à medida que tudo isso se acumulava, a pressão emocional tornou-se um desespero avassalador. Ele precisava urgentemente entender o que o amor significava para ele. Quais eram as verdadeiras definições que formavam essa imagem amorosa que se tornara tão complexa? Ele se permitiu ouvir as vozes que o cercavam, os conselhos que sempre escutou, refletindo sobre cada um deles, mas em um novo contexto, onde a prática e a teoria não pareciam mais conectar. O clamor interno era profundo e inquietante. Ele temia que, ao seguir essa nova rota de compreensão, estivesse à beira de um colapso emocional. O que restava entre ele e sua própria essência? Seria possível amar alguém que só existia em seus sonhos?

A tensão cresce dentro de Antônio à medida que a idealização de Patrícia toma formas inesperadas. Ele se pega refletindo sobre cada gesto dela, uma ponta de um sorriso, o jeito de olhar para o horizonte durante um pôr do sol, e em sua mente, essas pequenas ações se transformam em uma imagem quase divina, um retrato que se distancia cada vez mais da realidade. Contudo, enquanto observa ao redor, a cidade pulsante de Salvador revela contrastes entre sua vida política e a alegria efêmera daquela imagem que ele criou. Os sons do Carnaval distante, as risadas dos amigos, as vozes vibrantes nas ruas, tudo isso parece ser uma tela onde sua batalha interna é projetada.

O peso do amor idealizado torna-se quase insuportável. Tornou-se um fardo separar a Patrícia real da Patrícia sonhada. Ele se pergunta se seria justo exigir que ela se encaixasse nessa moldura que construiu com tanto cuidado, mas também com tanta insegurança. Os amigos tentam ajudá-lo, tentando confortá-lo com frases vazias como "A idealização é normal", mas isso não leva em conta a profundidade de seus sentimentos. Isso faz com que ele questione, numa conversa quase velada consigo mesmo, qual a verdadeira essência do amor? Não deveria ser pleno, verdadeiro, sem ressalvas, sem filtros?

Certa tarde, Antônio se senta em um café próximo à praia, observando enquanto as ondas se quebram na areia. Ele sente o cheiro reconfortante do café fresco e a brisa leve acariciando seu rosto. Esses detalhes simples, que costumavam trazê-lo paz, agora parecem apenas ecoar suas inseguranças. Ele pensa em como as conversas que teve em sua infância com os avós moldaram sua visão de amor e relacionamentos. Lembranças misturadas de conselhos quentes em tardes chuvosas, intercaladas com risos e lágrimas, criaram uma estrutura em sua mente que agora enfrenta uma crise. O que realmente aprendemos sobre amar ao longo da vida? Será que ele havia interpretado tudo errado, ou que estava tentando se encaixar em um molde incompleto?

Ele lê as mensagens que trocou com Patrícia, procurando pistas, e se vê perdido em um labirinto de dados e observações.

Aquela intensidade nos olhos dela que ele enxergava nas fotos se torna uma sombra, e em seu íntimo, Antônio se pergunta quantas vezes se permitiu sentir a realidade dela, verdadeiramente. Haverá espaço em sua vida para a Patrícia concreta, com suas falhas e incertezas, ou ele continua a escolher a Patrícia dos sonhos, onde tudo é perfeito e sem máculas?

Conflitos adicionais surgem quando a vida cotidiana da cidade, com suas belezas e injustiças, entra em cena. Ele sente a cidade como um organismo vivo, que respira e pulsa, e que agora observa sua luta interna com uma curiosidade incisiva. Precisa entender que, enquanto ele considera as ideologias que moldam sua visão de amar, o amor verdadeiro não se baseia em expectativas, mas na aceitação da imperfeição que cada um traz consigo.

Neste momento de desespero, Antônio medita sobre as definições de amor que ouviu sempre ao longo de sua vida. E se perguntou se aquelas palavras, tantas vezes repetidas, faziam sentido em sua realidade. O que será que o amor significa realmente? A resposta não pode ser encontrada na idealização ou na expectativa, mas sim na coragem de se expor e na vulnerabilidade de aceitar que amar alguém implica mediar entre os altos e os baixos, entre a realidade crua e a visão sonhada. Será possível amar alguém que, em suas memórias, existe como um milagre, mas na realidade, vive com as suas próprias batalhas? Essa dúvida o atormenta, mas ao mesmo tempo, faz com que ele sinta um impulso de buscar a verdade por trás do que significa realmente amar.

A angústia crescia dentro de Antônio como um nó na garganta, e ele se via perdido em suas reflexões sobre o amor. Os conselhos que recebeu ao longo da vida ecoavam em sua mente, mas agora pareciam distantes e irreais, quase como se nunca tivessem sido proferidos com a intenção de ajudar. As vozes de familiares, amigos e até mesmo desconhecidos surgiam como sombras, misturando-se em uma sinfonia confusa que mais causava dor do que alívio. Ele se lembrava de sua avó, que sempre dizia que o amor é simples, um milagre que acontece quando menos se espera. Mas como algo tão extraordinário poderia surgir de sua própria confusão?

Enquanto caminhava pela rua, observava os rostos das pessoas ao seu redor, cada uma carregando os próprios fardos, e uma sensação de desespero o dominava. Uma mulher sorria enquanto segurava a mão de uma criança, e Antônio não pôde evitar que um frio na barriga surgisse ao pensar em como o amor parecia tão simples entre eles, tão natural. No entanto, em seu coração, ele se perguntava: "Por que é tão complicado para mim?" Esse questionamento o perseguia como uma sombra. Seria possível amar alguém que existia apenas nas nuances de seus sonhos? O peso dessa dúvida o fazia sentir-se mais sozinho do que nunca, como se estivesse em um labirinto sem saída.

Ele se lembrou de momentos em que idealizava Patrícia, criando uma imagem tão perfeita que se tornava quase insuportável. A jovem cheia de vida, o sorriso contagioso, os sorrisos que compartilhavam entre risadas e olhares significativos. Mas, na verdade, ele percebia que aquela representação de Patrícia não existia. Aquela mulher vibrante, cheia de imperfeições, medos e inseguranças, era mais do que o que tinha construído em seus pensamentos. Naquele instante, uma respiração profunda se fez necessária enquanto suas memórias dançavam na mente.

"Poderia ela ser real para mim se eu mesmo não soubesse quem sou?" Essa interrogação o atingiu como um raio, trazendo à tona lembranças de sua infância, de como sempre se esforçava para preencher as expectativas dos outros. O peso de querer agradar e ser o filho perfeito, o aluno ideal, o amigo sincero. Mas, ao se moldar a essas expectativas, ele havia se esquecido de seus próprios desejos, de quem realmente era por trás das máscaras que usou ao longo dos anos. O amor que sonhava em dar a Patrícia parecia carregar todas essas caleidoscópicas questões de identidade.

Antônio se sentou em um banco, observando a correria da vida à sua volta. O cheiro do café fresco de uma esquina próxima invadiu suas narinas, trazendo à memória os momentos tranquilos que passava em companhia de amigos, quando tudo parecia mais fácil. As conversas e risadas antes desapegadas agora pareciam cartões-postais de uma época em que a vida não trazia tantas perguntas. Com um gesto sutil, ele tocou os dedos nos próprios lábios, como se ali estivesse a resposta para esse conflito. O que realmente significava amar?

Ele se permitiu mergulhar em um mar de recordações, lembrando-se do conselho de um professor: "Amor não é uma moeda que se troca, mas um espaço onde dois corações podem coexistir." Essa ideia, tão simples, tão direta. Ele a havia resguardado por tanto tempo, como um segredo guardado no fundo da gaveta. Pensar nisso agora causou uma reviravolta em seu coração. A luz do sol começava a se pôr, e os últimos raios envolviam a cidade em um tom dourado. Era preciso superar esse medo de amar. O caminho era incerto, mas ele percebeu que havia um milagre no simples ato de abrir seu coração, mesmo que tivesse que encarar suas inseguranças.

Saindo do banco, uma certeza começou a brotar dentro dele, como uma semente disposta a florescer. A necessidade de definir o que o amor significava não era só um fardo, mas uma oportunidade. Ele estava pronto para descobrir, a seu próprio tempo, que não precisava carregar o peso de uma idealização. Portanto, amar poderia ser, sim, uma jornada de autodescoberta. Enquanto se afastava, sentiu um alívio inesperado, como se cada passo o levasse para mais perto de si mesmo, deixando para trás as incertezas, e, talvez, vislumbrando a possibilidade de um amor que era, de fato, real.

Capítulo 10: "A Realidade de Um Amor Virtual"

Aos poucos, Antônio foi se dando conta de que o relacionamento com Patrícia se desenrolava em uma esfera que, embora vibrante, parecia cada vez mais superficial e insatisfatória. As trocas de mensagens ao longo do dia, os emojis carinhosos e as conversas que iam da banalidade à profundidade de uma forma eletrônica, tinham uma intensidade que beirava o impressionante, mas algo sempre lhe deixava inquieto. Ele começou a sentir que essa conexão, por mais reconfortante que fosse, não conseguia preencher o vazio que a ausência física sempre carregava.

Era uma mistura estranha de empolgação e solidão. Enquanto digitava, a emoção carregava cada palavra, cada expressão, mas esses sentimentos, por mais intensos que fossem, careciam de um testemunho concreto. Lembrou-se de uma tarde, há não muito tempo, em que assistiu ao pôr do sol sentado na varanda de casa. A luz suave e as cores vibrantes do céu encantavam seus olhos enquanto ele tomava um gole de café. Naquele instante, desejou que Patrícia estivesse ali, compartilhando aquele momento. Mas a realidade logo o atingiu como um balde de água fria: ela estava a quilômetros de distância, atrás de uma tela, e a perspectiva de um toque, de um olhar, era apenas uma fantasia.

A frustração crescia dentro dele, como uma tempestade em construção. Pensamentos e dúvidas se entrelaçavam em sua mente. Seria possível construir um amor verdadeiro com alguém que ele nunca havia tocado, que não conhecia os pequenos detalhes de suas manias, os silêncios eloquentes que apenas encontros pessoais poderiam oferecer? Antônio se via questionando a autenticidade de suas emoções. O que realmente sentia por Patrícia? Seria amor, ou apenas uma projeção de seus próprios desejos e anseios românticos? Uma sombra de desconfiança começou a pairar sobre seus pensamentos, e isso o deixava inquieto.

Recordou-se de relacionamentos passados, momentos em que olhares se cruzam e os sorrisos se desdobram em diálogos silenciosos. Em uma dessas memórias, estava em um café com uma antiga paixão, o cheiro do café fresco pairando no ar, as risadas ecoando entre as mesas. Havia uma conexão palpável, uma vivência compartilhada que dava vida à interação, que agora parecia tão distante. Era como se ele olhasse para sua vida atual e se perguntasse: onde estavam aqueles momentos? Aqueles sorrisos espontâneos e os abraços, sabe? A sensação de estar verdadeiramente presente com alguém.

E, no fundo, ele percebeu que a parte mais dolorida de tudo era ter que lidar com essa versão digital de amor, onde tudo parecia ter sido cuidadosamente meticuloso e filtrado. O envolvimento com Patrícia era doce, mas ao mesmo tempo, envolto em um véu de incertezas. Esse amor virtual lhe parecia um reflexo distorcido de uma realidade que ele não conseguia tocar, como se estivesse sempre diante de um espelho embaçado, onde as impressões e os sentimentos nunca eram totalmente claros. Agora, Antônio se via perdido entre a esperança de que aquele amor digital poderia se transformar em algo mais, mas também imerso em uma solidão que lhe parecia cada vez mais intensa, a cada mensagem enviada, a cada silêncio entre eles.

Antônio, enquanto refletia sobre sua conexão com Patrícia, se sentia preso em um labirinto emocional, onde os ecos das conversas virtuais reverberavam em sua mente. A cada mensagem trocada, uma chama acendia sua esperança, mas, ao mesmo tempo, uma sombra de dúvida lançava um manto pesado sobre seu coração.

"Será que isso é amor ou apenas uma miragem?", pensava. Essa incerteza o consumia, especialmente em momentos de solidão.

Ele não conseguia evitar as comparações. Lembrava de seu último relacionamento, onde as pequenas coisas tinham um peso colossal. Como a sensação de ter alguém ao seu lado no sofá, assistindo a um filme enquanto compartilhavam pipoca. As risadas, as discussões sobre a escolha do filme, o toque de suas mãos se entrelaçando... tudo isso parecia tão palpável, tão real. Agora, ao invés disso, ele passava horas enviando mensagens que, embora pudessem ser vibrantes, se dissipavam ao tocar o vazio do seu quarto.

A frustração crescia dentro dele ao perceber que os momentos compartilhados com Patrícia eram, na verdade, fragmentos soltos de uma vida que ele sonhava viver. A futilidade das selfies enviadas, das postagens cheias de filtros, tudo parecia superficial diante da autenticidade que ele tanto desejava. Recordou de uma vez, durante uma festa de aniversário, quando ele e amigos se encolheram de risadas com as piadas mais ridículas. Aquele tipo de conexão, divertida e instantânea, parecia tão distante do que ele estava experimentando agora.

Ele começou a se questionar se seus sentimentos por Patrícia eram um reflexo do que ele realmente buscava ou apenas uma projeção de um desejo inconfessável. Estaria ele alimentando uma fantasia? O que era realmente importante em um relacionamento? As mensagens trocadas à luz da tela ou os momentos que se eternizam no coração? Essas indagações ocorriam em sua mente como ondas em um mar revolto, trazendo à tona suas inseguranças.

A dependência das redes sociais também o incomodava. Antônio percebeu que seu mundo emocional estava, de alguma forma, ancorado a esses dispositivos que, ao mesmo tempo, conectavam e distanciavam. Quando viu seus amigos, vivos e alegres, compartilhando histórias em uma mesa de bar, algo dentro dele se rompeu. O cheiro do café quente, a luz suave das lâmpadas pendentes criando sombras dançantes na parede... tudo isso o fazia sentir-se mais presente, mais vivo. "Esses momentos", pensou, "são fundamentais". Uma conexão digital não pode competir com a presença física. As interações face a face carregam nuances que as telas não conseguem capturar.

Em um desses momentos de clareza, fez uma escolha consciente de dar atenção a esses sentimentos. Ao lembrar do aroma do café fresco e das risadas que reverberavam no ambiente, ficou inquieto. "Sim, quero mais disso!", decidiu, determinado a encontrar um caminho para aproximar a realidade que lhe parecia tão palpável. A ideia de transformar o que vivia com Patrícia em algo mais concreto começou a tomar forma em sua mente. Ele se perguntava se, talvez, a ambição de trazer essa conexão para o mundo real fosse a chave para entender o que, de fato, significava amar alguém. Essa motivação, ao mesmo tempo, o deixava esperançoso e ansioso. O que ele achava que poderia acontecer era um passo incalculável, um risco diante do desconhecido, mas talvez, só talvez, esse movimento pudesse desfazer a barreira que se erguia entre eles.

Antônio olhava para a tela do celular, cada notificação surgindo como uma doce promessa de conexão, mas ao mesmo tempo, um lembrete cruel da distância que o separava de Patrícia. As palavras digitadas, os risos compartilhados por mensagens de texto, tudo parecia tão intenso e, ao mesmo tempo, tão insatisfatório. Lembrava-se de momentos em que o toque de uma mão ou o olhar penetrante em um encontro ao vivo gerava uma sensação de pertencimento, um calor reconfortante que a tela não conseguia oferecer. Ele se perguntava se a profundidade das emoções da conversa digital poderia realmente ser comparada à riqueza de um abraço afetuoso.

Recordou-se de uma tarde ensolarada, em um café com amigos. O cheiro do café fresco misturava-se ao riso contagiante, e ali ele percebeu a alegria pura de uma interação que não dependia de emojis ou likes. O calor humano, a surpresa nos rostos quando alguém contava uma piada hilária, tudo isso parecia tão vibrante. Isso contrasta nitidamente com a frieza das mensagens que trocava com Patrícia, onde, muitas vezes, não passava de uma troca de palavras vazias, por mais que as tentativas de se conectar parecessem genuínas.

A dependência das redes sociais começava a incomodá-lo. As conversas, por mais vibrantes que fossem, não podían substituir a energia contagiante de um sorriso trocado ao vivo, o som da risada de alguém que estava ao seu lado. Antônio pensava sobre o grande paradoxo de sua situação. Ele estava tão imerso naquela troca digital que se sentia perdido. Era uma armadilha sedutora, onde a atração pelo virtual o afastava da segurança do mundo real. Será que ele havia se tornado um prisioneiro das telas, onde tudo era cuidadosamente encenado, ao invés de um sexy e despreocupado momento vivido com quem realmente importava?

Essa luta interna se intensificava. A cada conversa com Patrícia, surgiam impulsos contraditórios. Uma parte dele ansiava por um encontro real, onde se veriam de verdade, enquanto outra parte temia o que poderia acontecer quando as palavras digitadas encontrassem a realidade física. O que aconteceria se o encanto que ele havia construído no mundo digital se dissipasse no calor de um encontro? Poderia aquele amor baseado em likes e mensagens instantâneas sobreviver ao contato humano?

Enquanto ponderava sobre essas questões, imaginava como seria se eles se encontrassem em um parque, com folhas secas ao chão, o ar fresco da manhã envolvendo-os. Sentia um frio na barriga só de pensar na possibilidade. Ele desejava, secretamente, que esse momento se tornasse real, mas a incerteza trazia consigo um medo paralisante. E se ele não fosse tão interessante quanto achava? E se a Patrícia não fosse a pessoa que idealizava? Essas perguntas o deixavam inquieto, fazendo a rotina incessante de interações virtuais parecer cada vez mais insuficiente.

Antônio se viu, então, engajado numa batalha constante entre a realidade e a ideia que criara de Patrícia. A autenticidade dos sentimentos que sentia ainda continuava em questão. O que era real no amor que nutria por ela? Questionamentos sobre a profundidade de seus sentimentos surgiam, e o peso dessa reflexão tornava seu coração cada vez mais pesado. Ele ansiava por um milagre que pudesse transformar essa conexão virtual em algo legítimo, esperando que a realidade não criasse um abismo ainda maior entre eles, mas sim uma ponte que os unisse.

Esses pensamentos intensos o acompanhavam a cada toque no telefone. Ele sentia a urgência de se mover, de fazer algo que fosse além do mundo digital. Levantar-se, ir até ela, olhar em seus olhos, perceber as nuances de sua personalidade em um encontro. Um desejo profundo despertava nele, o impulso de concretizar o que até então parecia um sonho distante. O medo de não ser suficiente e a esperança de superar essa barreira uniam-se, criando uma chama de determinação. Será que conseguiria traduzir esse amor virtual em algo palpável e verdadeiro?

Antônio se senta em sua mesa, o brilho da tela iluminando seu rosto em uma penumbra quase íntima. As interações com Patrícia sempre pareciam tão vibrantes, mas agora, uma sensação de angústia começa a tomar conta dele. Ele fecha os olhos por um momento e se pergunta o que todas aquelas conversas realmente significam. É inegável que algo intenso se formou naquele espaço digital, mas será que esse elo, tão forte em palavras, pode se sustentar na realidade? Ele se deixa levar por um turbilhão de sentimentos — um misto de esperança e frustração.

Em uma de suas conversas mais recentes, Patrícia havia compartilhado um momento comovente de sua vida — uma lembrança, um sonho que a acompanhava. Ela riu ao falar de como imaginava que, um dia, estaria rodeada pelas árvores de uma floresta, com alinhamentos de luzes feitas com galhos e flores. Para um instante, ele se sentiu verdadeiramente conectado a ela, como se estivesse ali naquelas imagens que ela desenhava com palavras. Mas logo a realidade vem à tona. Aquilo não passa de uma conexão etérea, um sentimento que vive adormecido entre as letras e emojis que nunca se preencherão com o calor de um abraço.

Antônio não pode deixar de pensar em como seria bom poder tocar suas mãos, sentir a sua presença, e ter a chance de observar a forma como ela sorri de verdade, ao invés de detrás de uma tela. As mensagens trocadas se tornam uma forma de conexão, mas ele percebe que, na verdade, são como cascas vazias. Uma parte dele quer agir — quer convidar Patrícia para um café, para um passeio ao ar livre, e quem sabe introduzir uma nova camada ao que ele tinha certeza que era amor. Ao mesmo tempo, uma voz interna sussurra dúvidas que o atormentam: será que ela sente o mesmo? A incerteza provoca um calafrio em sua espinha.

E entre essas reflexões, ele se recorda de um dia ensolarado em que saiu com amigos. O cheiro do café fresco invadia o ar, enquanto risadas e conversas se misturavam de forma envolvente.

Naquele dia, foi impossível não sentir a intensidade das conexões humanas que transbordavam. A conversa sobre trivialidades, o olhar cúmplice compartilhado, as emoções que se revelavam sem palavras, tudo isso o fazia se sentir vivo. É exatamente essa presença que o seu amor virtual não consegue replicar.

Ah, como foi libertador partilhar um tempo palpável com aqueles amigos, onde cada risada ressoava e cada olhar carregava significados que nem sempre se expressam bem em palavras. A lembrança dessa tarde fresca acentua a frustração dentro dele. Ele começa a imaginar como seria ter Patrícia ali, rindo e compartilhando momentos, em vez de apenas interagir nas redes sociais. O desejo se transforma em uma necessidade ardente — trazer à tona a ideia de um encontro real, um que possa dissolver as barreiras que ainda estão entre eles.

Mas a dúvida persiste. O que seria verdadeiro nessa troca de olhares, nesse contato físico? O que é amor, senão uma soma de experiências e sensações autênticas? Antônio se sente angustiado ao considerar o risco que corre. Se a conexão que eles construíram ao longo do tempo se mostra mais uma projeção de suas expectativas e desejos, ele pode estar se lançando a um abismo emocional ao tentar transcender o digital. Contudo, a chama da esperança ainda brilha dentro dele, alimentada por essa vontade de descobrir um caminho para a realidade.

Ele decide, neste momento, que não pode mais viver com essa incerteza. O que antes era uma expectativa leve, agora se torna um questionamento profundo. Ele escreve uma mensagem, pensamentos frenéticos dançando em sua mente, mas algo dentro dele grita por coragem. Amanhã, ele pensará em como abordar isso com Patrícia; talvez um convite sutil, um gesto que, quem sabe, possa se transformar em um convite para um novo capítulo. Um capítulo que lhes permita descobrir não apenas o que sentir, mas que é viver essa troca de sentimentos em sua forma mais pura autêntica. O desejo de quebrar as barreiras digitais pulsa dentr dele, audacioso, como um milagre que pode, de fato, acontecer.

Capítulo 11: Despertar e Realidade

Antônio estava imerso em um universo onírico que o envolvia como um abraço caloroso. Os contornos de tudo eram suaves, como se a realidade tivesse sido moldada em uma massa de nuvens e sonhos onde Patrícia dançava entre sombras e luz. A presença dela era constante, sedutora, uma explosão de sensações em cores vibrantes que pulsavam ao ritmo do seu coração. Mas, de repente, um sol forte e implacável se infiltrou por entre as cortinas, desenhando manchas de luz no chão frio do seu quarto. E foi assim, abruptamente, que ele despertou.

A confusão era palpável. Abriu os olhos lentamente, lembrando-se do calor que sentira no sonho. O barulho familiar da cidade acordando — carros apressados, vozes que se cruzavam, a sirene distante que cortava o ar — tudo isso se misturava ao eco de sua luta interna para se desvencilhar das teias do sono. A luz, dessa vez, não era como o calor do abraço onírico. Ela era implacável e, naquele minuto, parecia gritar com ele, obrigando-o a confrontar a dura realidade do momento. O contraste entre o sonho doce e a aridez do agora o fez sentir um vazio profundo, como se uma parte de si mesmo tivesse ficado adormecida entre as nuvens.

Conforme Antônio se levantou da cama, uma onda de desorientação o atingiu, como se o ar ao seu redor tivesse ficado mais denso. Tentou navegar por entre os restos de suas memórias, aquelas promessas não ditas que surgiram em sonhos materiais. O que significava tudo aquilo? A sensação de desconexão entre sua vida e as emoções intensas que vivenciara parecia um vácuo existencial. "Por que a realidade nunca se assemelha ao que idealizamos?", ele refletiu, enquanto vestia uma camisa amassada, um resquício de sua despreocupação noturna.

As lembranças ainda dançavam em sua mente: o jeito como Patrícia sorriu, a forma como seus olhos brilhavam sob a luz do dia. Era um milagre que o transportava para um mundo onde os desejos se faziam visíveis. Mas agora, ao olhar pela janela, a vista era apenas a cidade em sua rotina habitual, sem espaço para seus sonhos de amor. O aroma do café fresco que invadia o ambiente não era quente o suficiente para confortá-lo, nem as vozes que subiam da rua pareciam se importar com seu sofrimento interno.

Antônio sentiu um frio na barriga ao perceber a magnitude de sua angustiante realidade. Ele se questionava se o que havia experimentado era apenas uma ilusão. Aquela sensação de perda era avassaladora, como um eco que ressoava em seu peito. Por um momento, ficou imóvel, incapaz de decidir se deveria se conformar ou lutar. As expectativas que a sociedade colocava sobre ele como um jovem político amplificavam sua solidão. O peso delas parecia sufocá-lo, e ele começou a entender que, naquela manhã, acordara não só do sono, mas também de um idealismo que, talvez, nunca tivesse sido real.

"Afinal, o que eu realmente espero da vida? E o amor? Será que é apenas uma miragem?" Essas perguntas ecoavam em sua mente, enquanto o mundo lá fora continuava sua dança incessante. Ele queria superar essa desilusão, mas como? Naquele instante, todas as suas esperanças, suas aspirações e um ideal estabelecido sobre o amor pareciam estar em uma linha tênue entre o que era real e o que era apenas uma construção de sua imaginação.

A realidade havia chegado com um despertar não só físico, mas emocional. E o que parecia ser um simples dia, agora trazia consigo a profundidade de um novo recomeço — ou talvez o fechamento de um ciclo que ele se via incapaz de entender por completo. Os cheiros, os sons, tudo ganhava um novo significado. A luta entre o que ele sonhou e o que era agora desafiava Antonio a se reconectar com seu verdadeiro eu, uma jornada que o conduziria a questionamentos mais profundos, lembranças e, quem sabe, novas esperanças.

A luz que entrava pela janela parecia ter um peso maior naquela manhã. Era quase como se cada raio lhe desferisse um golpe, roubando-lhe os vestígios do calor reconfortante do sonho. O despertar abrupto deixava Antônio tonto, como se tivesse se espremido em um ovo, em uma realidade estranha e fria. O conturbado universo dos seus sonhos não se dissipava, ainda sussurrava ternamente em seus ouvidos, e ele se viu imerso em uma onda de emoções intensas que agora não correspondiam à frieza do mundo ao seu redor. O aroma familiar do café fresco, que insistia em invadir seu pequeno apartamento, contrastava com a leve nostalgia do sonho, que ainda teimava em flutuar em sua mente.

Esse sentimento de perda era avassalador, um deslizamento de terra emocional. Antônio se permitiu mergulhar na confusão que o envolvia. O sonho, tão vívido e repleto de simbolismos que lhe pareciam tão sinceros, agora se esfumaçava como a névoa da manhã. Patrícia dançava em sua mente como uma projeção luxuosa do amor ideal, e a fragilidade da experiência o deixou perplexo. Por que algo tão lindo poderia acabar sendo simplesmente um produto da sua imaginação? Afundou nesse abismo de questionamentos, um labirinto que parecia não ter entrada nem saída.

As lembranças do seu idealizado romance se entrelaçavam com a dura realidade. Os risos compartilhados em escapadas rápidas, os olhares carregados de promessas – tudo agora soava como ecos distantes de uma sinfonia melancólica. O contraste entre a suavidade do sonho e o peso das expectativas sociais como jovem político o consumia. Era um desafio constante, a linha tênue entre a construção de uma imagem pública e a batalha interna que lutava no silêncio. O que significava realmente amar? Será que já havia se permitido amar de verdade? Olhando ao redor, tudo parecia tão genuíno e frágil, e a pressão de ser um homem que transparece confiança tornava a dor ainda mais intensa.

A tristeza misturou-se a um lampejo de lucidez, e Antônio se pegou refletindo sobre a naturalidade de seus desejos. Era justo se sentir daquela forma? Aquela frustração, aquele anseio desmedido; talvez fossem partes essenciais de ser humano, de estar vivo, de sonhar. As memórias de momentos felizes apareciam entre as sombras. Uma risada espontânea com amigos, um olhar cúmplice com um colega em um debate acalorado, até mesmo a sensação de estar em sintonia com a natureza ao redor, como naquele dia em que se perdeu admirando a serenidade de um lago nas proximidades.

E assim, enquanto as lágrimas se misturavam à nostalgia, uma nova força começou a brotar de dentro dele. Era como se o sonho não tivesse sido uma fuga, mas sim um despertar. Um convite para redescobrir o que realmente queria e precisava. Nada na vida nos é garantido, mas era possível deixar que cada experiência, mesmo as dolorosas, contribuísse na construção de um eu mais completo e autêntico. A dor poderia ser surpreendente, mas também era uma oportunidade de crescimento. Era um momento de aprendizado onde cada desilusão se tornava uma lição sobre a intensidade do amor e a vulnerabilidade do coração.

Apreendeu que a busca por conexão não deveria ser silenciada, mesmo quando envolta em incertezas. Tornou-se claro que embora a imagem idealizada de Patrícia tivesse sido um sonho passageiro, suas aspirações por um amor sincero e verdadeiro não poderiam ser abandonadas. Com essa nova perspectiva, a jornada emocional de Antônio começava a tomar forma, moldando-se com nuances rica e complexas, abrindo-se para a possibilidade de um futuro onde seus verdadeiros desejos pudessem coexistir com as realidades do mundo.

Antônio permanecia sozinho em seu quarto, parado no limiar entre o sonho e a realidade. A dor e o desconforto do despertar ainda pulsavam em seu peito. Ele olhava para o teto, a mente rolando sobre as imagens vívidas que ainda dançavam em sua lembrança como um eco persistente, recuando e avançando. O que significava tudo aquilo? Era apenas um sonho, mas, por algum motivo inexplicável, aquelas emoções ainda queimavam como se fossem feridas abertas.

Ele se lembrou de como a Patrícia aparecia em seu sonho, radiante e cheia de vida, como um farol em sua escuridão. Aquela imagem continuava a invadi-lo, trazendo à tona suas esperanças e o ideal de um amor que, por algum motivo, sempre parecia escapar por entre seus dedos. Era como se, enquanto dormia, tivesse tocado algo profundo dentro de si, algo que o conectava à sua essência. Agora, ao despertar, tudo parecia um jogo cruel do subconsciente, lançando-o de volta à sua rotina monótona e cheia de expectativas não cumpridas.

Antônio se permitiu mergulhar nas reflexões que surgiam. Ele começou a questionar a si mesmo: por que tudo isso lhe parecia tão real? Aqueles momentos de felicidade, embora efêmeros, eram insaciáveis. A intensidade com que vivenciou cada segundo do sonho contrastava brutalmente com seu dia a dia. Na verdade, o que ele realmente desejava? Uma parte dele se sentia como um jovem político vagando em um labirinto de obrigações, enquanto outra parte ansiava por conexão, compreensão e amor genuínos.

Sim, havia um abismo entre o sonho e a vida real. Antônio se pegou revisitando memórias de momentos simples que havia compartilhado com amigos, cada riso e cada olhar cúmplice eram agora um porto seguro para sua mente confusa. Uma conversa leve na cafeteria do bairro, o cheiro forte de café fresco, o som de risadas ecoando no ar — essas pequenas recordações contrastavam com a sensação de solidão que o envolvia agora. A ideia de ter alguém ao seu lado, alguém que realmente o entendesse, parecia desvanecer-se a cada dia.

Ainda assim, a idealização de Patrícia e os sentimentos intensos que ele experimentava em relação a ela não podiam ser descartados tão facilmente. A imagem dela continuava a assombrá-lo, e a frustração que essa realidade causava era palpável. Era como se suas aspirações não corressem apenas o risco de serem ignoradas, mas também de se dissolverem em um mar de desilusão. Ao mesmo tempo, ele percebeu que essa dor poderia ser um catalisador para algo maior. O sonho não era apenas um produto de sua imaginação; ele trazia consigo lições profundas sobre o que realmente queria da vida.

Pensou então em como poderia reorientar suas ambições. Esse momento de reflexão não era um ato de desistência, mas sim uma oportunidade de redirecionar não só suas esperanças românticas, mas também sua vida como um todo. Ele começou a compreender que a maneira como se sentia em relação a Patrícia refletia algo maior dentro dele — um desejo de autenticidade, de viver com intensidade, de amar sem medo.

Assim, naquele espaço vulnerável de introspecção, decidiu que não deixaria que a idealização se tornasse um fardo. Ele encontrava inspiração na dor — cada lágrima, cada dúvida, cada frustração tornava-se uma parte intrínseca de seu caminho. Era hora de aprender, de olhar para a frente e permitir-se sentir tudo o que vinha junto com a vida. Se o amor idealizado pudesse se desvanecer, talvez isso deixasse espaço para descobertas reais, para histórias autênticas e vivências que o preenchiam de verdade. Antônio respirou fundo, sentindo-se um pouco mais leve, como se um novo ciclo estivesse apenas começando.

Antônio se sentou na beirada da cama, a luz avivada da manhã infiltrando-se pelos espaços da cortina. O despertar não foi apenas físico, mas uma súbita realização de que sua vida, à sua maneira, estava embrenhada numa busca quase ascética por um amor que o eludiu incessantemente. O eco do sonho ainda vibrava nas paredes da sua mente, e, apesar de ainda sentir o aroma suave do encontro idealizado com Patrícia, sabia que a realidade era mais complexa. Ele se lembrou de como o riso dela ecoava, isso ressoava profundamente enquanto se debruçava sobre suas frustrações.

A reflexão o levou, quase que como um convite, a rever seus próprios anseios. O que, afinal, significava buscar um amor verdadeiro em um mundo que parecia cobrar por aparências e vitórias? Uma inquietude começou a borbulhar dentro dele. As ambições políticas, as metas alcançadas, essas condecorações da vida iniciavam um jogo com o que realmente desejava, como se os aplausos da multidão pudessem substituir a conexão profunda que tanto almejava. Naquele instante, ele percebeu que não se tratava de abandoná-las; ao contrário, era essencial entrelaçá-las com o que realmente o movia.

Como poderia surpreender-se com a intensidade das suas emoções? O milagre do amor verdadeiro se tornava um fascínio, um ideal quase escapista. Viu-se, então, em um jardim de esperanças e desilusões. A cenografia dos seus sonhos o levava a se reconectar com aqueles momentos fugazes em que sentira a felicidade genuína. Lembrou-se de um riso compartilhado com uma amiga em um café da vida, onde a conversa vibrava como uma melodia que parecia não querer acabar. Aquela luz suave banhando os dois, as gargalhadas ecoando como um hino à espontaneidade.

Certa vez, um amigo lhe dissera que a felicidade nem sempre era um destino; era a soma de momentos efêmeros. Essa ideia havia ficado martelando em sua cabeça, e agora se tornava um farol a guiá-lo. O que aconteceria, então, se ele decidisse buscar o que realmente queria, sem se apegar a ideais pré-concebidos de sucesso ou de amor? A oportunidade de redefinir sua jornada emocional estava à sua frente, como um mapa com rotas ainda inexploradas.

Ele se lembrou de como, em seu caminho, as descobertas mais profundas ganharam forma nas crises. Cada desafio que enfrentou o moldou, e agora, olhando para aquele momento de luto por um amor idealizado, via que nessa dor vinha também a possibilidade de renovação. A porta da mudança parecia se abrir. O racional e o emocional começaram a dançar uma dança estranhamente harmoniosa dentro dele, ambos se tocando ao som de novas perspectivas.

Antônio então se viu decidido. O aprendizado, como um universo de possibilidades, tornou-se seu aliado. A busca por amor poderia coexistir com suas ambições, mas não em um mero casamento de conveniência. Era preciso valorizar as ligações humanas genuínas, aquelas que dão vida ao que se faz. Ele sentia a essência de tudo isso se fixar dentro de si, como uma âncora que impedia sua alma de flutuar em mares de superficialidade.

Decidiu que não se deixaria mais levar pela idealização, mas sim pela autenticidade. A ideia de amor não era um fardo, mas um panorama de experiências e emocionalidades, uma tapeçaria colorida e complexa de relação. E, ao mesmo tempo, concluiu que esta nova perspectiva o ajudaria em suas interações, seja no campo profissional ou nas relações pessoais. Ao final, essa jornada por entender a essência do afeto, do desejo e da realidade não deveria ser encarada como um fardo, mas como um convite à transformação. Ele finalmente teria a coragem de ser honesto consigo mesmo, de se permitir sentir e se surpreender, numa busca que o conectaria com o que significava ser verdadeiramente humano.

Capítulo 12: "O Impacto do Despertar"

A luz do sol filtrava-se pelas cortinas enquanto Antônio despertava de maneira abrupta, quase como se o mundo tivesse decidido puxar o tapete sob seus pés. Durante as últimas horas, ele havia vivido uma incrível jornada, repleta de sentimentos, amores e possibilidades, mas agora tudo se desfez como névoa ao amanhecer. A realidade, com suas cores irritantes e barulhos incessantes, parecia um soco no estômago. Ele olhou ao redor, tentando se firmar em algo sólido, mas tudo que encontrou foi um vácuo que ecoava sua dúvida e desespero.

Ah, a sensação de perda esmagava seu peito. Ele lembrou de cada risada, de cada toque, da promessa tácita que o sonho ofereceu. O que poderia ter sido? Essa dúvida insidiosa o acompanhava como uma sombra, sugando sua energia e deixando um resquício de saudade no ar. Sentia-se como um náufrago, flutuando em um mar de desilusão e incertezas, onde cada onda trazia à tona uma nova fraqueza, uma nova insegurança. O café fresco que perfumava o ambiente, um simples detalhe do cotidiano, parecia quase uma ofensa ao seu estado emocional. Era tão reconfortante, e, ao mesmo tempo, tão distante da tempestade interna que enfrentava.

As lembranças do sonho estavam tão vívidas que era difícil distinguir o que era compaixão genuína e o que era apenas ilusão. Ele se lembrou de momentos de alegria: o sorriso de Ana, não a mulher que amava, mas a amiga que sempre o apoiou. E agora? O que deveria fazer com esses ecos de felicidade em meio à dor? Tudo parecia um jogo cruel do subconsciente, onde ele era o protagonista de uma trama que agora não tinha mais sentido.

Mas, em meio ao desespero, surgiu um lampejo de esperança. Enquanto olhava pela janela, a luminosidade do dia dançava nos árvores como uma promessa: talvez, após essa experiência intensa, houvesse um caminho a seguir. Ele percebeu que aqueles sentimentos misturados – angústia, saudade, uma pitada de liberdade – estavam lhe mostrando suas fragilidades e, na mesma moeda, suas forças. E ao refletir sobre os desejos reprimidos, veio à tona a necessidade de se confrontar com a vida de frente. Afinal, não era isso que o sonho havia lhe ensinado? Que a vida, com todos os seus altos e baixos, era um convite para o autoconhecimento profundo?

A jornada de autodescoberta ainda estava em sua plenitude e, embora a realidade pesasse, ele se deu conta de que poderia usar esse despertar como uma oportunidade. A desilusão não tinha que ser o fim, mas um novo começo. Em certos momentos, era difícil se concentrar, mas ele não poderia esquecer o quão intenso e impressionante isso tudo havia sido. Ao sentir a brisa suave no rosto, uma onda de determinação levou seus pensamentos para um novo patamar. Eram mudanças necessárias. Um chamado.

O café começou a esfriar, mas ele não se importou. Aquele pequeno ritual matinal agora carregava um peso novo e, quem sabe, até revelador. Antônio decidiu que iria enfrentar essa transição. A realidade poderia ser opressiva, mas ele tinha um sonho. E, por mais aquilo pudesse parecer uma contradição, o desespero e a esperança coexistiam como uma dança estranha e bela. Estava na hora de se levantar da cama, vestir a coragem como um escudo e dar os primeiros passos rumo a um futuro que, embora nebuloso, prometia ser emocionante e repleto de surpresas. A vida, afinal, continuava.

Antônio sentou-se à mesa da cozinha, o cheiro do café fresco invadindo o ar e misturando-se com a luz suave do início da manhã. Ele olhou pela janela, observando o movimento da vida lá fora, e sentiu algo despertar dentro de si, um impulso que até então parecia distante. Aquela realidade, que tinha se mostrado tão cruel após seu despertar do sonho, agora lhe parecia um chamado. A ideia de que ele não poderia mais se permitir observar a vida passar como um mero espectador era intimidante e, ao mesmo tempo, profundamente revigorante.

"É agora ou nunca," pensou, um pensamento que soou como música em seus ouvidos. Decidiu que era hora de buscar algo mais, algo que estivesse alinhado com aquela visão de si mesmo que brotava com cada gole de café. A transformação não seria simples; Antônio sabia bem disso. Mas havia uma renovação pulsando em suas veias, um desejo quase sedutor de conquistar o mundo, de se tornar advogado, e talvez, um dia, um ator na política. Um rugido de ambições que antes fora apenas um sussurro tímido na sua mente agora ganhava força.

Ele se permitiu sonhar com o que poderia fazer. Imaginou-se defendendo os direitos de pessoas que sentem a voz sufocada pelas injustiças, e a emoção que isso lhe trouxe foi inesperada e intensa. Poderia se transformar em algo significativo, em alguém que, com paixão e convicção, lutasse por causas maiores que ele mesmo. As frustrações do passado tornavam-se lições essenciais nessa nova jornada. Cada erro cometido, cada amor não correspondido, serviam como um compasso, orientando-o suavemente em direção ao que realmente importava. Quanta riqueza aquele vivenciar lhe trouxe! Ele sorriu ao se lembrar de longas conversas com amigos sobre sonhos e conquistas, onde os riscos eram discutidos como possibilidades infinitas.

A ideia de reinvenção lhe parecia refrescante, como uma brisa leve num dia quente. Era um desafio, sim, mas também uma promessa a si mesmo de que os altos e baixos da vida poderiam ser mais do que barreiras. Poderia moldar seu futuro. No fundo, a ansiedade coexistia com a excitação, e foi então que um lampejo de esperança cruzou sua mente. O caminho não viria sem obstáculos, mas isso não o desmotivava. A palavra "coragem" passou a ser sua mantra, um lembrete constante de que era possível. Ele não estava mais disposto a se esconder atrás do medo das desilusões.

Surgiu em sua mente uma imagem vívida de um dia no centro de Salvador, onde viu um grupo de jovens se mobilizando, levantando faixas e gritando por seus direitos. A paixão e a determinação deles o tocaram profundamente. Ele se lembrou de como seu peito se encheu de orgulho ao testemunhar a luta deles. Aquilo não era apenas uma manifestação; era um milagre de resiliência e esperança. E ele se viu desejando ser parte daquilo, ser alguém que não apenas olhasse, mas que estivesse presente e contribuísse ativamente. A luta por mudança não é algo que se observa de longe, pensou. É algo que se abraça com determinação e amor.

A cada novo pensamento, uma sensação de clareza ia se estabelecendo. Assim, como um artista que molda seu trabalho com meticulosidade, Antônio começou a esboçar os traços de um futuro mais conectado ao que realmente importava. A ideia de se envolver mais na comunidade surgiu como uma necessidade essencial, não apenas como um desejo passageiro. Ele queria se cercar de pessoas que o inspirassem, que compartilhassem de suas lutas e conquistas. Esse desejo fazia sua alma vibrar, quase como uma sinfonia.

Regressou à mesa, agora sentindo-se diferente. Era como se estivesse pronto para abrir um novo capítulo em sua vida. A coragem também é um convite, e ele sentiu-se convidado a uma dança com o desconhecido. "Sim, estou pronto para me conectar, para ser parte disso," murmurou para si mesmo, com um brilho renovado nos olhos. Antônio percebeu que não estava apenas se permitindo sonhar, mas estava, de fato, se preparando para agir; a ação seria seu próximo passo, e ele estava decidido a dar esse passo com firmeza.

Na manhã ensolarada, com o café ainda fumegante na caneca, o futuro começava a se desenhar à frente dele, e a vida estava prestes a oferecer novas experiências que o moldariam de maneiras inimagináveis. E, no fundo de seu ser, a certeza de que ele era capaz de superar não apenas os limites que lhe impuseram, mas também aqueles que por tanto tempo permitiu que existissem dentro de si. Essa era a essência de sua renovação: a promessa de que a vida poderia se tornar não apenas seu cenário, mas também seu grande palco.

Antônio se senta no café, envolto por aromas que o afagam, mas que não conseguem esconder o turbilhão de emoções que o assola. Recorda das desilusões, como se cada uma delas fosse um fio de um novelo emaranhado à sua volta. Ele observa as pessoas à sua frente: casais rindo, amigos trocando segredos e um garçom que traz um latte com um coração espelhado na espuma. Ah, a simplicidade de momentos assim contrasta de maneira impressionante com a confusão que ele sente dentro de si.

Lembra de um dia em que, ao passar pela Praça da Sé, viu um homem de olhar angustiado, lutando por seus direitos. Era uma cena crua e, de certo modo, chocante. O homem gesticulava, sua voz falhava, mas a paixão em sua luta era palpável. Naquele momento, Antônio sentiu algo despertar dentro dele, uma vontade de se conectar com as dores alheias e, de alguma forma, ajudar. Era uma repercussão de uma consciência que estava se formando. Ele começa a entender que suas experiências, mesmo aquelas carregadas de desilusões, agora moldavam seu presente.

Essa nova perspectiva traz junto uma onda de empatia. As frustrações que ele havia enfrentado não eram apenas marcos de um passado doloroso; eram parte de uma jornada que facilitava sua compreensão do mundo. A dor por causa de Patrícia se transforma em lições. Ele percebe que cada desilusão é um passo no caminho, onde a resistência de outrora pode se transformar em força. Como um artista que, ao ver sua obra inacabada, enxerga não apenas as falhas, mas também a beleza da tentativa.

Antônio começa a traçar paralelos entre sua vida e a de quem luta na esquina por direitos básicos. Ele imagina que cada um tem suas batalhas, diárias, cruas, e que estas experiências coletivas tecem uma tapeçaria de vivências que poucos conseguem realmente entender. Ouvindo as histórias de seus amigos e conhecidos, ele encontra inspiração. Ele quer que essa empatia se transforme em ação.

A cada café que toma e a cada conversa que escuta, a determinação em agir se torna mais forte. Ao voltar para casa, lê jornais que denunciavam realidades que o chocavam. Ele percebe que não pode ser apenas um observador. Os desafios que ele viu na vida dos outros então ressoam dentro dele como um eco poderoso que não pode ser ignorado. Essa conexão se torna uma chama, queimando vigorosamente, impulsionando-o a agir.

Um dia, ao tocar a campainha de um amigo de longa data, Antônio sente que não está mais paralisado na sua zona de conforto. Ele reclama da situação do mundo, mas essa reclamação vem acompanhada de uma vontade de mudança. O amigo o escuta. É um diálogo fluído, onde compartilham suas frustrações e esperanças. Antônio percebe como é vital ter pessoas assim ao seu redor, aquelas que apóiam e inspiram, fundamentais para a transformação que deseja.

Ele se compromete a ser uma voz ativa, talvez até uma figura no cenário político. O que antes parecia uma ideia distante agora parece tangível. É hora de deixar a insegurança de lado e se lançar a um novo futuro, onde cada experiência, cada dor, e cada lição se entrelaçam para formar um novo eu, corajoso e decidido. Um Antônio renovado, pronto para abraçar não apenas os desafios, mas também a beleza das conexões e do impacto que pode criar na vida de outros.

Esses pensamentos flutuam na mente enquanto ele observa a cidade pela janela, onde os raios do sol começam a se esvair em um crepúsculo dourado. Ele sente um frio na barriga, mas não é mais por medo; é pela expectativa do que está por vir. A vida pode ser complicada e imprecisa, mas ele finalmente entendeu que é nas conexões mais verdadeiras que se encontram as chaves para um futuro cheio de significados.

Antônio sentou-se em um banco de praça, uma escolha inesperada para um dia que, de alguma forma, se tornara simbólico. O aroma do café quente e fresco, saindo da barraca próxima, enchera o ar com aquela mistura de notas amargas e doces que sempre o reconfortou. Era ali, naquela atmosfera de movimento e vidas passando, que ele começou a construir o que chamava de seu novo eu. Suas ideias borbulhavam enquanto observava as pessoas do seu redor. Um grupo de crianças brincava, as risadas ecoando, e isso inflamou em Antônio a vontade de, finalmente, fazer algo significativo.

Ele estava decidido, não havia como voltar atrás. O sonho tinha acabado, e o que parecia um desespero profundo agora se transformava em um lampejo de esperança; um convite para ação. Ao invés de apenas observar a vida desenrolando-se diante dele, Antônio decidiu que era hora de mergulhar de cabeça nos seus desejos mais genuínos. "E se eu pudesse realmente fazer a diferença?", pensou, como que respirando um ar novo. Era hora de tomar as rédeas da vida, de redefinir suas prioridades e coletar as experiências que moldariam o seu caminho.

Essa determinação estava impregnada de um forte desejo de se tornar advogado, mas não apenas por ele mesmo. A vontade de se envolver com a política se tornava mais intensa, acendendo uma paixão que até então permanecera adormecida. Ele se lembrou de como, em muitas noites de insônia, refletira sobre o que desejava para sua vida, e a verdade era que seu coração pulsava mais forte por justiça e transformação social. A ideia de que ele poderia ser parte de um movimento maior começou a se firmar como uma realidade palpável.

Ele não queria que suas frustrações do passado o definissem. Ao contrário, ia usá-las como combustível. Lembrava das noites em que se sentia impotente, como ao assistir a injustiças que aconteciam bem diante de seus olhos, e isso, de alguma forma, agora deixava de ser uma simples memória para se tornar parte de um legado que ele pretendia deixar. "Talvez eu tenha aprendido algo essencial ao longo do caminho: cada desafio é uma oportunidade, cada erro que cometi é uma lição", refletiu, enquanto o sol se punha, pintando o céu com tons vibrantes de laranja e rosa.

E foi nesse clima de renovação que decidiu abrir seu coração a um amigo. Em uma ligação casual, enquanto caminhava por ruas que já conhecia tão bem, ele começou a expor seus novos objetivos. "Olha, não quero ser só mais um na multidão. Quero realmente fazer algo que impacte a vida das pessoas. Me envolvimento com a comunidade é o que faz sentido agora, e quero que você faça parte disso", disse Antônio, a voz embargada de emoção. A resposta do amigo foi como um abraço apertado: encorajadora e cheia de entusiasmo. "Cara, isso é incrível! Você vai longe, e estou aqui para te apoiar."

O dia terminou, mas a conversa ecoou em sua mente. Afinal, criar laços verdadeiros parecia ser tão essencial quanto os próprios sonhos. Ele percebeu que não estaria sozinho nesta jornada; havia uma teia de pessoas dispostas a apoiar suas aspirações. Essa noção era, ao mesmo tempo, reconfortante e inspiradora. Com esses novos pensamentos tomando forma, Antônio sentiu-se como um artista que finalmente começava a vislumbrar sua obra-prima. O futuro parecia cheio de imprevisibilidade, e embora isso pudesse ser um pouco aterrorizante, também era deslumbrante.

Em meio a tudo, ele compreendeu que as novas conexões que estava disposto a cultivar ao longo do caminho poderiam ser o verdadeiro motor de sua transformação. Não se tratava apenas de um desejo individual; mas de criar um espaço onde outros pudessem se unir. E com essa certeza, decidiu que enfrentaria o que estivesse por vir, abraçando cada momento, mesmo os mais desafiadores. Ele estava preparado para viver a vida em sua plenitude, ciente de que a beleza existia tanto nas vitórias como nas derrotas. Antônio, ao olhar para o horizonte, estava convencido: essa era a sua vez de ser um agente de mudança.

Querido leitor,

Ao finalizar esta obra, sinto a necessidade de compartilhar um pouco do que a jornada de Antônio representa não apenas para ele, mas para todos nós. "A traição dos Sonhos" é um convite à introspecção, um mergulho nas complexidades emocionais e sociais que permeiam a vida de um jovem sonhador em uma cidade vibrante como Salvador.

A história de Antônio, seus anseios por amor e a busca por significado em um mundo muitas vezes cruel e injusto, é um espelho de nossas próprias experiências. Cada desafio enfrentado, cada desilusão e cada reflexão sobre a natureza da conexão humana nos lembram que a vida é um constante entrelaçar de sonhos e realidades. A trajetória de Antônio ilustra como a idealização pode nos aprisionar, mas também nos oferece a oportunidade de descobrir quem somos de fato.

Através de suas interações com Patrícia, suas frustrações na política e suas lutas internas, eu espero que você tenha encontrado um eco das suas próprias esperanças e inseguranças. É uma jornada de crescimento e de autodescoberta, onde aprender a amar — em todas as suas formas — é central. Este livro é também uma ode à coragem de nos expormos, de deixarmos a vulnerabilidade nos tocar e de buscarmos a autenticidade nas relações.

Quero que você, querido leitor, leve com você as lições de Antônio: a importância de lutar por um futuro melhor, a urgência de construir conexões reais e a necessidade de se recriar constante e corajosamente. Que você nunca desista dos seus sonhos, mesmo diante das dificuldades, e que a esperança permaneça viva em seu coração.

Agradeço por me acompanhar nessa viagem e por compartilhar desses momentos de intimidade emocional. Que os passos de Antônio inspirem suas próprias jornadas, e que cada encontro e desencanto o impulsione a descobrir o seu verdadeiro eu e a beleza nas pequenas coisas da vida.

Com gratidão e afeto,

Antônio Noronha Oliveira Júnior

Made in the USA
Columbia, SC
25 April 2025